光文社文庫

文庫書下ろし

ふるさとの海

日本橋牡丹堂　菓子ばなし(十一)

中島久枝

光　文　社

この作品は光文社文庫のために書下ろされました。

目次

松兵衛《まつべえ》の紅花色《くれないいろ》　5
杉崎と名残《なごり》の松風《まつかぜ》　65
雪の日の金柑餅《きんかんもち》　127
娘から母に贈る祝い菓子　181

松兵衛《まつべえ》の紅花色《くれないいろ》

一

年が明けて一月十六日の藪入《やぶい》りは、菓子屋がひと息つくときである。

というのも、暮れは菓子屋のかき入れ時で、寝る間も惜しんで働くことになる。年が明けてもあいさつ回りなどでなにかと忙しく、やっと一息つけるのが小正月、一月十五日ごろということになる。

日本橋《にほんばし》の菓子屋、牡丹堂《ぼたんどう》こと二十一屋《にじゅういちや》もこのころ店を休む。

前の年の春、祝言《しゅうげん》をあげた小萩《こはぎ》は伊佐《いさ》とともに、鎌倉《かまくら》に里帰りすることにした。伊佐にとっては、初めての鎌倉である。

七日《なぬか》帰りは縁起《えんぎ》が悪いと言われているから、六日間。といっても行きに二日、帰りに二日かかるから、向こうにいられるのは二日間しかない。近いようで遠い鎌倉だ。

久しぶりに家族の顔が見られると思うと、小萩はうれしくて仕方がない。嫁に行った姉のお鶴《つる》や幼なじみのお里《さと》やお駒《こま》に会うのも楽しみだ。みんなは伊佐と会うのが初めてだから、なんと言うだろう。小萩としては、ちょっと自慢したい気持ちもある。

指折り数えて待っていた。

花の大江戸、にぎやかといえば日本橋だ。北の橋詰めには一日千両が動くという魚河岸《うおがし》があり、人でにぎわう駿河町《するがちょう》通《どお》りには天下の豪商三井越後屋《みついえちごや》をはじめとして、名のある見世《みせ》が軒を連ねている。浮世小路《うきよこうじ》という横道の中ほどに二十一屋という菓《か》子屋《しや》（九四八）だから足して二十一という洒落《しやれ》で、藍《あい》ののれんに牡丹の花を白く染めぬいているので牡丹堂と呼ぶ人もいる。大きな見世とはいえないが、粒あんをやわらかな皮で包んだ大福から、茶人好みの美しい彩《いろど》りの季節の生菓子まで、どの菓子もおいしくて美しい。

二十一屋の主《あるじ》で親方を務めるのは徹次《てつじ》。職人は、徹次の息子の幹太《かんた》、留助《とめすけ》と小萩の亭主となった伊佐で、小萩はその端のほうに名を連ねる。その一方で、小萩庵《こはぎあん》という看板を出させてもらって、お客の注文を受けている。

ほかに年が明けて十二歳の見習いの清吉《せいきち》、見世と奥の手伝いの須美《すみ》。室町《むろまち》の隠居所《いんきよじよ》には二十一屋をはじめた弥兵衛《やへえ》とその女房のお福《ふく》がいる。

伊佐と小萩が里帰りを決めたのは暮れのことだ。

一度鎌倉に顔を見せてやれと、徹次が声をかけてくれた。

藪入りで帰ると文《ふみ》を送ったら、鎌倉のはずれで豊波《とよなみ》という旅籠《はたご》をしている家族は大喜びだ。楽しみにしていると返事が来た。

旅支度もあるし、手みやげも用意しなくてはならない。ところが小萩は仕事に追われて、気がまわらない。あれこれ心配をしてくれたのは、ふだんは隠居所にいるお福である。

「はじめての里帰りだからねぇ、二人とも、あんまりくたびれた着物じゃあ、まずいねぇ。みやげはなにを持って行くんだい」

小萩の顔を見るたびにたずねる。

「そうですねぇ。……そのうち、……手が空いたら、見に行きます」

そう答えたものの店は忙しいし、家に帰ればやらなくてはならないことがたくさんある。買い物は暮れのうちにすませておかなくてはならないのに、日ばかり過ぎていった。

「もう、あんたに任せておいたらだめだから、こっちで適当に見繕《みつくろ》っておいたよ」

室町の隠居所に届け物を持って行ったとき、お福は縁側に包みを並べた。

祖父には上等の煙草《たばこ》、父には筆と墨、祖母には半襟《はんえり》、母には好物の佃煮《つくだに》、弟には菓子、嫁《とつ》いだ姉や友達に渡せるよう白粉《おしろい》や手ぬぐい。さらに、足袋《たび》や肌着など、旅支度までそろえてあった。

「手間をかけていただいて申し訳ありません」

小萩は恐縮して頭を下げた。

「いいんだよ。伊佐はあたしの息子のようなものだし、あんたのおっかさんのお時《とき》さんとは昔っからの知り合いだ。親戚と同じだよ」

お福は丸い顔をさらに丸くして、うれしそうに笑う。

「あれこれ考えて用意するのも、お福の楽しみのひとつなんだ。まぁ、餞別《せんべつ》だと思って受け取ってくんな」

弥兵衛も笑みを浮かべてやって来て言った。

旅立ちの日は早朝にもかかわらず親方の徹次に幹太、須美と清吉も見送ってくれた。

「向こうの方たちによろしくな」

「鎌倉かぁ。いいなぁ。俺も行きたいよ」

「飲み水には気をつけてね」

「楽しんできてください」

思い思いに声をかけてくれた。

　江戸と鎌倉の間は十三里（約五十一キロメートル）ほど。日本橋から品川《しながわ》を抜けて途中、保土ヶ谷宿《ほどがやしゅく》あたりで一泊する。保土ヶ谷までは八里九町（約三十三キロメートル）だ。

旅の荷物のほとんどはみやげで、お福が用意してくれたあれこれのほかに、牡丹堂の菓子、羊羹《ようかん》と最中《もなか》と饅頭《まんじゅう》だ。

　改めて思うのだが、あんこは重い。伊佐がずっしりと重い羊羹と饅頭を背負い、小萩は軽い干菓子《ひがし》を持った。

　日本橋を出てしばらくはめずらしい景色にはしゃいで、あれこれ伊佐に話しかけていたのも品川あたりまで。だんだん小萩の口数は少なくなり、保土ヶ谷宿に着く頃には足が重くなっていた。

　元気を取り戻して、翌日また、早朝から歩く。

　海沿いの道を進むと、同じように藪入りでふるさとに向かうらしい旅人と何人も出会った。みんなみやげを入れたらしい大きな風呂敷《ふろしき》包みを背負っている。中には、十四、五歳の少年たちも交じっている。久しぶりに故郷に帰るのがうれしいのだろう。元気いっぱいで歩いていた。

　足のまめが痛む小萩は遅れがちになる。何人もの旅人に追い越された。

「なんだよ、小萩。もう、鎌倉に入ったぞ。家《うち》はもうすぐじゃねぇか。元気を出せ」

伊佐に言われた。

空は晴れて白い雲が浮かんでいる。松林を抜ける風は潮の香りがした。

そんな風にして鎌倉のはずれにある小萩の家に着いたのは、午後遅い時刻だった。

葉を落とした木立の向こうに、豊波の屋根が見えた。

その途端、力が湧いてきた。自然と足が速くなる。

「ただいまぁ」

家の前で大きな声をあげると、父の幸吉《こうきち》が走って出て来た。満面の笑みである。

「おお、よく帰ってきたなぁ。待っていたんだぞ。おい、小萩が伊佐さんと戻って来たぞ。

おかあちゃん、時太郎《ときたろう》、みんなも」

「まぁ、伊佐さんも、遠い所すみませんねぇ。疲れたでしょう」

母のお時が出て来た。後ろにいるのは弟の時太郎で、十六歳。この前会った時よりもさらに背が伸びて大人びた様子だ。

「伊佐さん、ねぇちゃん、おめでとうございます」

恥ずかしいのか、横を向いてぺこりと頭を下げた。

奥の部屋では、おじいちゃんとおばあちゃんが待っていた。

「今日はわざわざ、すまなかったねぇ」

「お疲れじゃあ、ないですか。ゆっくりしてくださいよ」

二人ともうれしそうな顔で伊佐に話しかける。

伊佐と小萩は部屋にやって来た幸吉、お時、時太郎にみやげを手渡した。

まぁ、こんな結構《けっこう》なものを、長旅でお疲れでしょう、まずはお茶を一杯、そうそうおみやげのお菓子もあるのよ、いや、その前にお仏壇《ぶつだん》にご挨拶を、長旅でお疲れでしょう、祝言の日以来でしたね、あちらのみなさんはお達者ですかと、それぞれがいっせいに話し出す。

ふだんは口数の少ない伊佐が頬を染めて、ひとりひとりの問いにまじめに答えていた。

小萩はお時といっしょに茶の用意をした。みやげの饅頭を出す。日持ちのする羊羹は仏壇にあがっている。

食べている間は少しおとなしくなったが、また、みんながしゃべりだした。

やっぱり、牡丹堂の菓子はおいしい、あんこがたっぷり入っている、江戸の菓子はひと味違う、いやいや、江戸の菓子じゃなくて牡丹堂だからだよ。

なにか言いたそうにしていた伊佐がようやく口をはさんだ。

「お仏壇にあがっていた干菓子は、どちらの見世のものですか」

一瞬、間があった。

――えっ、今、それを聞くの？

小萩は伊佐の顔を見た。

仏壇に紅白の小さな梅の干菓子が供えてあった。小萩も気づいていたが、とくにめずらしいものではないと思って見過ごした。

「きれいな紅色《べにいろ》でめずらしいと思ったんですよ。この近くの見世で買ったんですか」

伊佐は重ねてたずねる。

「いやぁ、あの菓子に気づいてくれたか。さすがだねぇ。きれいな紅色だろ。あれは、先日、行商人が売りに来たから、買ったんだよ。こっちにも、江戸に負けないいい菓子があるんだよ」

おじいちゃんが相好《そうごう》をくずした。

「あの紅色は雅《みやび》な感じがします。明るくて華やかでかわいげがある。あの色を出せるのは相当な職人ですよ」

「そうか、そうか。本職の人もそう思うのか。あのね、いい機会だから言っておくけれど、鎌倉は本当にいいところなんだよ。そりゃあ、江戸はすごいよ。千代田《ちよだ》のお城がある。けどね、鎌倉には大仏様がいらっしゃる。江戸に大仏様はないだろ。富士山だって、江戸で見るのとは大違い。大きいだろう」

いきなり鎌倉自慢がはじまったので、小萩は驚いておじいちゃんの顔を見た。

「お前たちがこっちに来るっていうからね、いろいろ見せてやりたいと思っていたんだよ。鶴岡八幡宮《つるがおかはちまんぐう》もね、そりゃあ立派なものだよ。伊佐さんは今年、いくつになった？」

「二十二です」

「っていうと厄年《やくどし》はまだだな。小萩は二十で後厄だ。厄落としをしなくちゃいかん。忘れちゃならないのが銭洗《ぜにあら》い弁天《べんてん》でね、あそこでお金を洗うとね、増えるんだよ。商《あきな》いをする人はみんな行くんだ。すぐ近くには安産祈願の神社もあってね」

「ああ、そりゃあ、いいなぁ」

伊佐は素直に答える。

おじいちゃんは気軽に言っているけれど、鎌倉といってもここは外れの方だから、鶴岡八幡宮や長谷《はせ》の大仏までは少し遠い。銭洗い弁天も回るとなるとたっぷり一日かかる。江戸から歩いて来て、また帰りも歩かなくてはならない小萩としたら、この二日間は家でゆっくり過ごしたい。

「うん、でも、おじいちゃん。私はここの景色を伊佐さんに見てもらいたいな。どこよりもきれいだと思う」

小萩が言うと、幸吉が膝《ひざ》を打った。

「おお、さすが小萩だ。その通りだよ。ここの景色は鎌倉一、いや、江戸にもないよ」

「おかあちゃんの料理もおいしいよ」

時太郎が言って、みんながうなずいた。

それからまた、てんでに景色がいいの、飯がうまいのと言い出してにぎやかになった。

そのとき、玄関のほうで訪《おとな》う声がした。

出て行くと姉のお鶴と亭主の朝吉《あさきち》がいた。朝吉に手を引かれているのは長男の春吉《はるきち》、お鶴の背中には次男の夏助《なつすけ》、しかもお鶴の腹は大きい。

「お帰りぃ」

「おお、久しぶりだなぁ」

「今さっき、ついたとこ。……おねぇちゃん、三人目？」

小萩は目を丸くする。

「ああ、うちは何人だって大歓迎だ」

日に焼けた朝吉が白い歯を見せて答える。村名主の父親を助けてみんなをまとめている朝吉は、顔つきにも貫禄《かんろく》が感じられた。

「とんとんとんと続けて産んだほうが育てやすいんだってさ」

すっかり母親の顔になったお鶴も答える。相変わらずのうりざねの美人顔だが、胸にも腰にもしっかりと肉がついていた。

「漁師に頼んでぼらを釣ってきてもらった。みんなで食べてくれ」

朝吉が盆にのせた銀色の魚を見せた。おぼこ、すばしり、いな、ぼら、などと呼び名を変える出世魚《しゅっせうお》だ。

さっそく座敷にあがってもらう。

「江戸のほうじゃ、ぼらはあんまり食べないようだけど、こっちじゃ、寒のぼらはご馳走《ちそう》なんだよ」

幸吉が言う。

「よく来たねぇ。こっちのぼらはおいしいよ。漁師たちが魚の扱いをよくしているからね。ぼらを釣りあげたらすぐに血を抜くんだ。そうすれば、臭いはしない。とにかく、このあたりの海は宝の山さ。魚だって鯵《あじ》からはじまって鯛《たい》も平目《ひらめ》も鯖《さば》もとれる。海老《えび》も鮑《あわび》もお手の物だ」

朝吉が鎌倉自慢をはじめるものだから、おじいちゃんの口も軽くなる。

「そうだよ。なんたってさ、こっちの魚は身がしまっているんだ。今日はたっぷり伊佐さんに鎌倉を味わってもらわないとな」

「いや、……ありがたいです」

伊佐はうれしそうに眼《め》を細める。

そんな話をしていると、今度は勝手口の方で声がする。出て行くと、幼なじみのお駒とお里だった。お駒は男の子の手をひき、お里は赤ん坊を背負っていた。

「小萩ちゃん、久しぶりぃ。元気だった？　さっきね、二人で歩いていたでしょ。うちのおばあちゃんが見ていた」

「うちのおかあちゃんも気がついてね。すごい、いい男だって言っていた」

「あ、ああ……、そうだったぁ。……ちょっと会ってみる？」

忘れていた。このあたりでは、変わったことがあると、なんでもすぐ伝わる。しかし、ほめられて悪い気はしない。大好きな伊佐をみんなに自慢したい小萩でもある。

二人はすぐにあがって座敷の襖《ふすま》を開けて、挨拶をした。

「小萩さんの友達の駒です」

「里です」

そう言ったきり、もじもじしている。伊佐も「あ、そりゃあ、どうも」と言ったきり、言葉が続かない。

「江戸みやげの饅頭を食べていたところだよ。あんたたちも、一緒にどうだい」

お時が誘うが、お駒とお里は遠慮する。小萩の袖を引っ張って廊下へと連れ出した。

「あの人が小萩の旦那《だんな》さんだよね」

「そうだよ」

「前、言っていた同じ見世の職人さんだよね」

「うん」

「そうかぁ」

分かり切っていることを確認して二人はうなずきあう。

「なによぉ。言いたいことがあったら、言ってよ」

「いや、やっぱり日本橋の人は違う。あか抜けていると思ってさぁ」

「うん。粋《いき》だよ。いなせだ」

「え、そうかなぁ。まぁ、でも職人さんだからね」

ほめられてうれしい。でも、ちょっと謙遜《けんそん》してみる。

「いいよ。職人さん。おっかさんが言っていた。手に職があるってのは、最高だ。くいっぱぐれがない」

「そうだよ。腕のいい人なんでしょ。見れば分かる」

「うん。そういう顔だ。それにやさしそうだ」

「よかったね、小萩」

行った。

「ほんと、よかったよ。いい人で」

話したいことは山ほどあるのだけれど、夕餉《ゆうげ》の支度もあるからと二人は急ぎ足で帰って行った。

その晩は、味噌《みそ》だれで和《あ》えたぼらとわけぎのなます、さざえのつぼ焼き、干したなすと油揚げの煮物、大根の味噌汁、かぶの漬物、白飯だ。五人ほど泊まっているお客にも同じものを出すので、父の幸吉が膳を運んで行った。

「旅籠の仕事はおとうちゃんも手伝ってくれているんだね」

家族の膳を調《ととの》えながら小萩は言った。

「時太郎も手伝ってくれてるよ。旅籠の方は三人で回しているんだ」

お時が答えた。

「いつも、こういう料理なの？」

「田舎料理って意味かい？　そうだよ。江戸の人はとりわけ、こういう味を喜ぶ。ぜんまいの煮物、切り干し大根、きのこ飯。生しらすなんか出すと、もう、大喜びさ。あんただって、こんな田舎に来て、わざわざ江戸風の料理なんか食べたいと思わないだろ？　ここでしか食べられないものを出すからいいんだよ」

お時は自信たっぷりに答える。小萩が家にいたころは、天ぷらとか、玉子焼きとか、もう少しよそ行き顔の料理を出していた気がする。

そのことを言うと、お時は「へへ」と笑った。

「うん、あの頃はね。お客さんには、そういうもんを出さなきゃいけないと思っていたんだよ。だけど、あんたが牡丹堂に行って、あたしもおとうちゃんも久しぶりに日本橋に行っただろ。やっぱり、江戸はすごいよね。食べる物はなんでもあるし、おいしいし。こんな田舎で、同じことをしようと思っても無理だから、あたしたちの得意なものを出そうって思ったんだ。そしたら思いのほか喜ばれて。もう、どんどん、そっちの道になった」

「ふうん」

小萩の知らない間に、ふるさとの人も物も変わっているらしい。

お時の言った通り、夕餉の膳を見て伊佐は喜んだ。

「なすを干すとこういう味になるのか。うまいなぁ」

目を細める。

「ぼらのぬたもおいしいだろ。この味噌はね、うちで仕込んだんだ。わけぎも裏庭のやつだよ。土地がいいからね、野菜もよく育つ」

おじいちゃんがうなずく。

「小萩はこういう物を食べて育ったのか。だから、小萩は料理がうまいんだな」

伊佐が言った。

「小萩は料理がうまいかね？　家でも料理をすることがあるのかね」

おばあちゃんがたずねた。

「朝も昼も見世で食べるけれど、汁なんかは家でつくっている。遅くなると、煮売り屋で買ったりすることも多いけど」

「その前は見世のまかないをつくっていたじゃないか。煮物とか、和え物とかうまかった」

今までそんなこと一度も言ってくれたことがないのに、伊佐がみんなの前で料理をほめてくれたので、小萩は舞い上がってしまう。

「そうかぁ。小萩の料理はうまいかぁ。そうだよなぁ。お時の飯をずっと食べて育ってきたんだものなぁ。……その、なんだろ、菓子屋ってのも、味がわからないとだめなんだろ」

「もちろんですよ。菓子屋にはそれぞれ、うちの見世のあんこの味ってもんがあるからね。毎日、その味を炊《た》くっていうのが職人の腕なんだ。新豆かひねかによっても違うし、こっちの舌も季節によって変わってくるからね。それに合わせて水の量とか火の加減とか、いろいろ塩梅《あんばい》しないと、見世の味にならねぇんですよ」

「なるほどねぇ。べろが悪いと、その違いが分からねぇってことか。よかったなぁ、小萩。豊波の子でさ」

　酒に頰を染めた幸吉が目を細める。

「うん。日本橋に行ってこっちの良さに気づいたわ。ここにいたら、あるのが当たり前で、きっとなんにも思わなかった」

　小萩はしみじみと語る。

「そうか、そうか。それなら小萩を日本橋に出した甲斐《かい》があるってもんだ」

「まったくですねぇ。あの小萩が立派になったんで、私もうれしいですよ」

　おじいちゃんの言葉におばあちゃんがうなずく。

「何をやっても長続きしない子だったからねぇ。飽きっぽいっていうのかねぇ」

　急におじいちゃんが愚痴《ぐち》っぽくなる。

「不器用だったからなぁ。お鶴と小萩とじゃ、折り紙を見ても違いが分かった。小萩のは角がそろってねぇんだよ」と幸吉。

「裁縫《さいほう》もねぇ。針目がそろわないから」

　おばあちゃんも同意した。

なんだか、どんどん雲行きが怪しくなってきた。

「ねぇ、せっかく帰って来たのに、どうして、そんな話ばっかりするのよ」

「そうだよねぇ。伊佐さんの前で恥ずかしいよねぇ」

小萩が悲鳴をあげると、お時が加勢してくれた。伊佐はやさしい目をしてにこにこ笑って座っていた。

牡丹堂に行ったばかりのころ、小萩は伊佐が少し怖かった。仕事はできるけれど、口数が少なく、あまり笑わない。職人仲間の留助はよく冗談を言ったし、幹太はしょっちゅうからかいにきた。伊佐は声もかけてくれなかった。

伊佐はやせて背が高く、いつもまっすぐに立っていた。浅黒い肌と強い目をしていた伊佐を見ると、小萩は端午《たんご》の節句《せっく》に飾る菖蒲《しょうぶ》の花を思い出した。緑の葉が剣のように先がとがって細く、つぼみは空に向かってこぶしを振り上げたように伸びている。こぶしの中にはきれいな色があるのに、頑《かたく》なに開こうとしないように感じた。

そのあと、伊佐と少しずつ話をするようになって、生い立ちや菓子についての思いや、そのほかいろいろなことを聞いた。牡丹堂の人たちが——つまり、弥兵衛やお福や徹次が親代わりになっていて、幹太が伊佐兄《にい》と呼んで慕《した》っていても、伊佐がどこか他人行儀である理由や、立派な菓子職人となって恩返しをしたいと思っているまっすぐな気持ちを知った。

　だから、今、こうして静かに笑っている伊佐を見て、小萩は伊佐が少しずつ変わってきているのだと思った。胸の奥がぽっと温かくなるような気がした。

「なんだ、小萩、うれしそうだなぁ。さっきから、にこにこしているじゃないか」

　幸吉がからかうように言った。

「当たり前だよねぇ。家に帰って来たんだもの。うれしくないことはないよ」

　おばあちゃんが笑う。

「そうだよ。みんな、二人が帰って来るのを首をながあくして待っていたんだよ」

　おじいちゃんが続ける。

「伊佐さんはどこか行きたいところがあるの？　おじいちゃんは大仏様とかいろいろ言っているけれど」

　お時がたずねた。

「明日の朝は朝焼けが見たいんですよ。こっちの朝焼けはきれいだって聞いたから。江戸の海は内海《うちうみ》で波が静かだけれど、こっちはもっと荒々しい。岩に波しぶきがぶつかって砕ける、それが力強くていいんだって、小萩が」

「小萩がそんなことを言ったのか？　分かっているじゃねぇか。そうだよ。ここらの海は男らしいんだ。風だって強いし、波も高い。それがいいんだよ。広くて大きくて強くて……男の海だ」

幸吉がうなずく。

「それじゃあ、明日の朝、さっそく見に行ったらいい。今日の夕焼けもきれいだったから、明日も晴れだ」

おじいちゃんが言えば、おばあちゃんが心配そうな顔になる。

「寒いからあったかくしないと、風邪《かぜ》をひくよ。首巻は持ってきたのかい。お時さん、なんかあっただろう。用意してあげなさい」

菓子屋は冬の最中でも水をたくさん使うから、寒いのも冷たいのも慣れていると伊佐は遠慮したけれど、おばあちゃんは真綿を首に巻いていけとか、綿入《わたい》れをもう一枚着た方がいいと強く勧める。ありがたく申し出を受けることにした。なんだかまた、大騒ぎになった。

翌朝、星が鋭くまたたいている時刻に伊佐と小萩は浜に向かった。海からの冷たい風がひゅんと吹き抜けていく。地面は凍って銀色に光っていた。

「おばあちゃんの言った通りだった。真綿を首に巻いてきてよかったわね」

小萩は首をすくめながら言った。

「ああ。まったくだ。江戸とはまた違う寒さだな。おい、転ぶなよ」

伊佐が小萩の手を引いてくれた。温かい大きな手が小萩の指を包んだ。

暗い影のように見える松林を抜けると、汐《しお》の香りがいっそう強くなった。足元は砂地で、さらに進むと岩場になる。暗がりに目をこらすとごつごつした岩が頭を出しているのが見える。波がぶつかって、ざぶん、ざぶんという音が聞こえた。

夜明けが近いのか、気の早い鳥たちが騒ぎ出し、空が明るくなってきた。

「もうすぐよ。お日様が出てくるから」

小萩は声をひそめた。

遠くの海は鈍色《にびいろ》で、波が大きくうねっている。

足踏みをし、じりじりしながら待っている。

やがて、海の向こうが少しずつ明るくなった。ぽんというように、いきなり太陽が顔を出した。

その一瞬だ。海は鮮やかな深紅に染まり、空も雲も虹色に輝いた。紅、橙《だいだい》、黄、青、緑、藍。さまざまな色が混じり合い、ぶつかりあい、競うように光を放つ。天地に色が溢《あふ》れた。

そこは小萩のよく知っている、いつもの浜辺ではない。なにか大きな力を与えられた、特別な場所になるのだ。

「これかぁ。小萩が言っていた鎌倉の日の出っていうのは」

「そう。でも、今朝のはとびっきり。こんなみごとな日の出ははじめて」

小萩の声が上ずった。

「俺はこの色を絶対に忘れない。魂に刻み込んで、いつかこういう色の菓子をつくってみたい」

「うん、私も一緒につくりたい。今日のことを忘れない」

小萩は伊佐の手をしっかりと握った。

いつまでも眺めていたいと思ったけれど、気がつくと、あたりはすっかり明るくなり、空は淡い水色に変わっていた。

岩場に打ち寄せる波が白いしぶきをあげ、遠くの海は日の光を浴びて輝いている。振り返れば松の枝が砂に黒い影を伸ばしていた。西の方角に目をやれば、低い山の稜線《りょうせん》が折り重なったその先に、神々《こうごう》しいまでの大きな白い富士が見える。

これが小萩の故郷の景色だ。

小萩が生まれるずっと前からあって、これからもあり続ける風景。

だけど、こうして伊佐と二人で見る今朝の海は、特別なものだ。

永遠の中の特別な朝。ささやかな奇跡の朝。

小萩は大きく息を吸いこんだ。汐の香りのする大気が胸を満たした。耳をすますと、松林を鳴らす風の音や騒がしいほどの鳥たちのさえずりが響いてきた。

目の前に広がる海の色、頬を照らす日の光、白くて大きい富士山、伊佐の手の温かさ。

それら全部を。

小萩は生涯忘れないだろうと思った。

二

その日一日は家でゆっくりしていたが、翌日は長谷の大仏と鶴岡八幡宮を見に行くことにした。おじいちゃんの案内で、幸吉と時太郎、伊佐と小萩の五人だ。おばあちゃんとお時は留守番である。

おじいちゃんは懐《ふところ》になにやら巻紙をしのばせている。どうやら行く先々で来歴を語るつもりらしい。立ち寄る店や休み所、みやげを買う店も書いてあるという。

「ずいぶん前から『鎌倉絵図』を見たりして、研究していたんだ。少しうるさいと思っても、話を聞いてやってくれ」

幸吉が小萩に耳打ちした。

五人が一列になって山間の細い道を歩いて行く。両側から葉を落とした木の枝が伸びて足元に影をつくっている。大小の石が転がり、木の根がむき出しになっている山道は歩きにくい。

もくもくと歩く。

おじいちゃんが止まった。

「この先が極楽寺《ごくらくじ》だ。二代執権北条義時《ほうじょうよしとき》の息子の重時《しげとき》が建立《こんりゅう》したんだ。梅にはまだ少し早いかなぁ」

おじいちゃんはたずねてみたそうだが、先は長い。

「鎌倉は寺が多いからね。一日で全部は回り切れねぇな」

幸吉が牽制するように言葉をはさむ。時太郎も心得たもので「鎌倉と言ったらなんたって長谷の大仏様だよ」とすかさず言う。

また小道を歩き出す。ふと見ると、木の葉を落とした木立に混じって、馬酔木《あせび》が淡い紅色の鈴のような花をつけていた。

「ほお」

おじいちゃんは立ち止まって目を細めた。

「伊佐さん、あんたも菓子をつくる人だから、こういうのに興味があるだろう。茶味《ちゃみ》があるっていうかね、風景の中に花が溶け込んでいるんだよ」

「そうですね。かわいらしいなぁ。まわりが枯れ葉色だから余計に映《は》える」

「そうだろ。さすがだよ、分かっている」

おじいちゃんは相好をくずす。

半時《はんとき》（約一時間）ほど歩いて大仏のある高徳院《こうとくいん》に着いた。おじいちゃんは仁王門《におうもん》の前に立って解説をはじめた。

「ここは花の名所でもあってね、坂東三十三所観音霊場《ばんどうさんじゅうさんしょかんのんれいじょう》の第四番に数えられている」

幸吉と時太郎の顔が「おや」という風に変わる。

「正しくは『海光山慈照院《かいこうざんじしょういん》……』、ご本尊《ほんぞん》は十一面観世音菩薩《じゅういちめんかんぜおんぼさつ》……」

伊佐の眉根《まゆね》が寄る。小萩も「あれれ」と思った。

「おとうさん、それは長谷寺のほうですよ。こっちは高徳院」

やっと間違いに気づいて「ほう、ほう」と照れた。

「そうそう。同じ長谷なので間違えてしまった。高徳院だったな。……うん、大仏様は正式には阿弥陀如来坐像《あみだにょらいざぞう》。命あるもの、すべてを救ってくださるありがたい仏様だ」

長い参道の先にゆったりと座った阿弥陀様のお姿が見える。やわらかな冬の日差しに包まれて、遠目に見ても堂々とした立派な様子だ。

「ずいぶん大きいなぁ。こんな大きな仏様を初めて見た」

伊佐は感動して声をあげた。

「もっと近くに寄ってみようよ」

時太郎に言われて伊佐は足を速める。小萩もついて行く。近づくにしたがって大仏は大きさを増していく。足元に立つと淡い色の空を背景に灰ねず色の大仏に包まれる感じがした。鼻がすっとまっすぐで、弓なりの形のいい眉の下に、半眼《はんがん》に開いた切れ長の大きな目がある。やさしい顔だ。

子供のころから何度か来たことがあるが、改めて見るとその神々しさに驚かされる。

隣の伊佐は手を合わせて何か、祈っていた。

「何をお参りしていたの」

「そりゃあ、みんなが健康で幸せに過ごせますように。帰りの道中が無事でありますようにさ」

小萩も並んで手を合わせた。

「しかし、それにしても寒いなぁ。一休みしようか」

すでに飽きてしまったらしい幸吉が言って、門前の茶店で一休みした。

蒸《ふか》したての温かい饅頭を頼む。黒糖風味のやわらかい皮に包まれた中は粒あんだった。田舎風の素朴な姿だった。皮の厚さは不揃《ふぞろ》いで、形もまん丸ではない。けれど、寒さにかじかんだ手をやさしく温めてくれた。

時太郎がさっそくかぶりつき、うれしそうな顔になる。小萩たちもそれぞれ手を伸ばした。

「うまいかい？」

おじいちゃんが伊佐にたずねた。

「たまには人のつくった饅頭を食べるってのも、いいもんだろ」

幸吉が言う。

「そうですね。はは、ついね。砂糖はなにを使っているんだろうなんて考えちまうんだけどね。でも、これはおいしい。皮がやわらかいし、あんこも甘い」

伊佐は笑みを浮かべた。

「そりゃあ、よかった」

「もう一個、食べてもいいかい」

時太郎がねだり、二個目に手を伸ばした。

伊佐はふと顔をあげて、店の中を見回した。小さな茶店で、店の奥に同じく狭い厨房《ちゅうぼう》がある。そこで湯を沸《わ》かして茶を入れ、饅頭を蒸《ふか》している。どうやら、つくっているのは別の場所らしい。

すばやく伊佐は立ち上がると、棚のところに向かった。そこに梅の形をした紅白の干菓子があった。しばらくじっくりと眺めた。

「上等な干菓子ですよ。白砂糖を使っているんです」

店の女が言った。

「これは、この店でつくっているんですか」

「いえ、これは、仕入れなんですよ」

「仕入れってことは、よその見世でつくっているってことか。どこの菓子屋さんのものか教えてもらえますか」

女はいぶかしげな表情を見せた。

「いや、自分も菓子屋なんだ。知り合いがつくっていた菓子とよく似ていたんだ。でも、その見世はもう閉めてしまったから……」

二人の話が聞こえたらしく、奥から店の主らしい男が出て来た。

「この菓子はたまに来る行商の人から買っているんだよ。店をもたずに、このあたりの菓子屋に卸《おろ》している」

「その人は前から来ているんですか？　どこに住んでいるのか知っていますか？」

「来はじめたのは最近だよ。二年ほど前か。鶴岡八幡宮の方から来てるって聞いたけど、詳しくは知らないよ。年いった人で、その人がつくっている、屋号は『若松屋《わかまつや》』って言ったかな」

「そうですか。ありがとうございやす」

伊佐は干菓子を十個ほど買って戻って来た。

「ちょっと気になったから、買ってみたんだ。仏壇に上がっていた干菓子も、同じ見世のものじゃないですか。ちょっと味見してくださいよ」

「まぁ、形は似ているけどねぇ。だいたい、こういうもんは味はあんまり変わらんだろ。甘いからさ」

おじいちゃんはひとつつまんで、首を傾《かし》げた。

幸吉と時太郎も手を伸ばす。

「砂糖の味がする」

「うん、まぁなぁ。砂糖だ」

素人《しろうと》の感想としてはこんなものだろう。

小萩もひとつ口に運んだ。さほど上等でない白砂糖の味がした。値段からしたら妥当なところだ。伊佐も少しがっかりした顔になる。

「だけど、この紅の色はきれい」

小萩は言った。かわいらしさと華やかさが合わさったような淡い紅色だった。

「うん。そうだよな」

なにか考えている風だった。


それから五人は鶴岡八幡宮に向かった。由比ガ浜《ゆいがはま》に出て若宮大路《わかみやおおじ》から二の鳥居、三の鳥居と境内《けいだい》に向かっている。進むにつれて人通りも多くなる。源平池《げんぺいいけ》にかかる太鼓橋《たいこばし》を渡り、はるか正面に大石段が迫るころには、前にも後ろにも参詣客《さんけいきやく》が歩いているようになった。

「立派なもんだなぁ。人もいっぱいだ」

伊佐がつぶやいた。

「そうだよ。ここは源頼朝《みなもとのよりとも》公ゆかりの神社でね、鎌倉の武士の守り神だ。鎌倉に住む者の誇りなんだよ。大きいだろう。裏のお山も全部、そうなんだよ。浅草《あさくさ》の観音様も立派だけど、ここも相当だろ」

おじいちゃんはどうしても浅草の観音様と張り合いたいらしい。伊佐の言葉を待つようにちらりと顔を見る。

「そうだなぁ。うん、話には聞いていたけど、こんなに立派なものだとは思わなかった。さすがに鎌倉だ」

それを聞いて、おじいちゃんはうれしそうに何度もうなずいた。

「ああ、さすが、うちの婿《むこ》さんだ。その通りだよ」

いつの間にか婿にされている。小萩は少し困って伊佐の顔を見たが、伊佐は少しも気にしていない様子だった。

舞殿《まいどの》を眺めて大石段を上り、本宮にご挨拶をする。

「帰りに菓子屋を少し見たいんだけどな」

伊佐が言った。

「二十一屋さんへのみやげなら、こっちでも用意はしてあるんだよ」

幸吉が言った。

「伊佐さんはさっきの干菓子が気になっているんでしょ」

小萩がたずねると、伊佐は小さくうなずいた。

「あの紅の色に見覚えがあるんだ。どこでつくっているのか知りたいんだよ」

「さすがに仕事熱心な職人さんだ。こんなときでも、菓子のことを考えているんだねぇ」

おじいちゃんは感心したようにうなずく。

みんなでみやげ物屋の並ぶ門前に向かって歩き出した。

小萩は伊佐の背中にそっとたずねた。

「紅色って、もしかしたら伊勢松坂《いせまつざか》さんのこと？」

「そうだ」

伊佐が短く答えた。

日本橋の老舗《しにせ》和菓子屋伊勢松坂は、元の当主である松兵衛《まつべえ》を追い出して現在、吉原《よしわら》の妓楼《ぎろう》の主《あるじ》でもある勝代《かつよ》がついた。名前こそ昔のままだが、古い職人や番頭《ばんとう》は残っていない。菓子も変わってしまった。

かつての伊勢松坂の菓子には、独特の紅色が伝わっていた。華やかで品がよく、しかもかわいらしい紅色は、当主の松兵衛と職人頭《しょくにんがしら》の由助《よしすけ》だけしか出すことができないと言われていた。その松兵衛は行方《ゆくえ》知れず、由助も江戸を去ったと聞いている。

「仏壇にあがっていたのも、長谷の茶屋で買ったのも、同じ人がつくっている。上等の白砂糖じゃないから、色の冴《さ》えが悪いけど……。伊勢松坂の紅に似ているんだ。年寄りの人が売りに来たと言っていたから、もしかしたらと思ったんだ」

「松兵衛さんだったら……。元気でいてくれたらいいわね」

「そうなんだ。達者でいるって分かったら、旦那さんもおかみさんも安心するよ」

伊佐はきっぱりとした言い方をした。

若宮大路の東側の小町《こまち》大路、辻説法《つじせっぽう》通りとも呼ばれる道にはさまざまな品物を売る見世が連なっている。

伊佐は藍色ののれんがかかった立派な構えの菓子屋に入った。すぐに手代《てだい》がやってきた。

「鎌倉みやげでございますか。羊羹、最中、さまざまに取り揃えてございます。どういったものがお望みでございましょうか」

「干菓子を見せてもらいたいんだが」

「お目が高い。干菓子はこちらになります」

菓子箱の中には紅白の小さな鈴の形の干菓子が並んでいた。

「鶴岡八幡宮の本殿《ほんでん》にございます鈴を模しております。鈴は古来より神の声を伝えるもの、そこから吉運を呼ぶものと喜ばれております」

手代はつらつらと語った。

上等の白砂糖を使った菓子だろう。白は冴《さ》え冴《ざ》えとして紅も鮮やかだった。だが、小萩の記憶にある伊勢松坂の紅色とは少し違った。

「いや、すまなかった。また来る」

伊佐はそう言って見世を出た。

少し行くと、今度はもう少し構えの小さな新しい菓子屋があった。伊佐はそこに入って行った。干菓子を見せてもらったが、思ったものではなかった。

三軒目に入ろうとしたとき、幸吉が言った。

「思うんだけどね、菓子屋として看板をあげている見世は干菓子も自分のところでつくるんだよ。そうじゃなくてね、茶屋とか小間物屋とか、参詣客相手のみやげ物屋をたずねたほうがいいと思うんだ」

「しかし、そうなると、すごい数だよ。ここにある見世、ほとんど全部になっちまう」

時太郎が言った。

「そうよねぇ」

小萩もずらりと並ぶ見世を眺めた。

「よし、手分けして探そう。うちで買ったのも、さっきの茶屋にあったのも梅の形をしていた。梅の干菓子であたってみればいいんだよ」

「おお、そうしよう」

幸吉の言葉におじいちゃんも賛同する。

「いいの？　おじいちゃんも、おとうちゃんも」

「当たり前だよ。うちの大事な婿さんが探すって言っているんだ。手を貸さねぇって法はない」

それで、それぞれ手分けして探しに行った。時太郎は一番遠く、小萩はその手前と年の順に遠い方が割り当てになった。

瀬戸物屋、魚屋、八百屋、下駄屋が並ぶ。

「干菓子？　それなら菓子屋だろ」

「鎌倉みやげなら漬物はどうだい？」

小萩が一軒、一軒たずねていると、早くも自分の分担をすませた時太郎がやってきた。

「下駄屋が菓子おいてるわけねぇじゃん。ありそうな見世をたずねればいいんだよ。ねぇちゃんは、昔っから要領が悪いよな」

いつの間にこんな憎まれ口をきくようになったのか。

「なによ。偉そうに。昔はかわいい弟だったのに」

「へへんだ。人は変わるんだよ。あ、ほら、そのみやげ物屋はどうだ？」

店先に独楽《こま》や土笛《つちぶえ》を並べている見世を目ざとく見つけて指さした。

奥から白髪の女が出てきた。

「干菓子はおいていませんか？　梅の形の」

「ああ、あれねぇ。さっきまであったんだけどね、売れちまったんだよ」

残念そうな顔をする。

「その菓子を売っている人をたずねているんですけど、ご存じじゃないですか」

小萩はたずねた。

「十日にいっぺんくらい品物を持ってくるだけでね、そのほかのことは聞いてない。来るのは年寄りの人だよ。饅頭を持ってくることもあるけど、うちで買うのは干菓子だけだね。日持ちするから」

その後も何軒かたずねたが手掛かりはつかめなかった。

小町大路を鶴岡八幡宮に向かってぶらぶら歩いて行くと、一軒の茶店から声がした。おじいちゃんと幸吉が団子を食べていた。

「ああ、二人ともご苦労さん、例の菓子屋さんが見つかったんだよ。これでいいんだろ」

おじいちゃんは紅白の梅の干菓子を見せた。長谷の茶店で見た物とそっくり同じだ。

「もうすぐ品物を届けに来るってさ。だから、ここで待つことにした。お前たちも団子、食べるだろ」

幸吉が茶と団子を注文する。

「腹が空《す》いたと思ったら、昼飯がまだだったな」

「このあたりで食べるつもりだったんだよ」

「そうか。じゃあ、その菓子屋さんに会ったら、どこかの見世に入ろうか。そばでいいか」

「天ぷらがいいな。天ぷらとそば」

時太郎も加わって、三人でのんきに話をしている。

「伊佐さんは、まだ？」

「うん。待っていれば来るんじゃないのかな。ここは一本道だから、離れていても見えるよ」

小萩が通りに出ると、向こうから伊佐がやって来るのが見えた。駆け寄って、今聞いたばかりのことを伝える。

「そうか。来るのか。ありがたい。俺は手掛かりをつかめなかったんだよ」

ほっとしたような顔になる。

おじいちゃんによると、鶴岡八幡宮の東側の雪《ゆき》ノ下《した》のほうに住んでいて、干菓子をつくってこの近辺の茶店や見世におろしている。屋号は「若松屋」。この日はちょうど、その茶店に来る日だという。

「やせて小さなおじいさんだっていうんだけど、それでいいのかい？　たまに饅頭もつくるらしいけど、まぁ、だいたいは干菓子だって」

幸吉が言った。

「ああ、たぶん、俺の思っている人だ」

伊佐は答えた。

小萩は伊佐と並んで座り、茶を飲み、団子を食べながら、「その人」が来るのを待った。松兵衛であってほしい気もするし、その一方で、別人であることも願っている。日本橋の老舗和菓子屋の五代目主が、ほそぼそと干菓子をつくって茶店に納めているというのは少し悲しい。

小萩の知っている松兵衛は白髪をまとめて小さな髷《まげ》を結《ゆ》った、やせて小柄な老人である。顔にしわがあるが目に力があり、声も大きい。そしてよくしゃべる。

四年ほど前、江戸と京の菓子比べをしたことがある。その一角に牡丹堂が加わることになった。伊勢松坂の主であった松兵衛は職人頭の由助と小僧を連れて牡丹堂にやって来た。仕事場の隅に腰をかけて昔馴染《なじ》みであるお福と陽気にしゃべり、その間に連れてきた見世の小僧に文句を言い、由助の仕事をほめていた。

おかげで牡丹堂は自分たちの仕事が進まず、大変に迷惑をしたのだ。

口うるさい、手のかかる老人ではあるが、どこか愛嬌《あいきょう》があり、憎めなかった。老舗和菓子屋の五代目らしい人のよさがあった。

見世を手放すことになったのは、松兵衛が相場にのめりこんだからだ。夜逃げ同然に日本橋から消えていった。松兵衛をそこまで追い込んだのは、吉原の妓楼の主、勝代であると言われている。勝代はその後、まんまと伊勢松坂の主の座に収まった。江戸の菓子屋の集まりである曙《あけぼの》のれん会にも、堂々とやって来る。

しばらくすると、茶店の女主人がやって来た。

「お菓子屋さんが来ましたよ」

伊佐が腰をあげた。

見世の裏手に行く。

丸い頭と少し曲がったやせた老人の背中が見えた。

「いつもすみませんねぇ。菓子をお持ちしました」

聞き覚えのある力のある大きな声がした。

「松兵衛さん、松兵衛さんだろ。二十一屋の伊佐だ」

伊佐が声をかけた。

老人ははっとしたように振り向いた。その口が、「あ」の形に開いた。禿頭《とくとう》になり、以前よりもさらにやせて顔が小さくなっていたが、たしかに松兵衛だった。

「干菓子を見たんだよ。その紅色で気がついた。あの色は伊勢松坂の紅だ。松兵衛さんと由助さんしか出すことができない、華やかで品がよくて、かわいらしい紅色だ」

「いや、……お前、なんでここに」

「いっしょに働いていた小萩と所帯を持ったんですよ。小萩の実家がこっちだから、挨拶に来たんです。豊波で旅籠をしているんだけど、そこにも菓子を売りに来たんですよね。仏壇にあがっていたのを見て、すぐ気がついた。これは、伊勢松坂の色に違いないって」

「そうか。お前、干菓子を見たのか。……それで、俺だって気がついたのか。伊勢松坂の紅だって思ったのか……」

松兵衛の頬が染まり、顔がくしゃくしゃになった。

「それで、今は……」

「……悪いな。俺は、先を急ぐんだ。だからさ、おめぇと話なんかしてらんねぇんだよ」

伊佐の言葉を遮《さえぎ》り、見世の女から渡された金をつかむと走り去った。伊佐は呆然《ぼうぜん》とそれを見送った。

席に戻ってくると、おじいちゃんたちが待っていた。

「会えたか。その人だったか」

「松兵衛さんでした。だけど、俺の顔を見ると、慌てたように行っちまった」

伊佐は肩を落とした。小萩と伊佐で、松兵衛のことを説明した。

「なんだ、そういうことかぁ。そりゃあ、ちょっと気の毒だったなぁ」

幸吉が言った。

「そうかしら」

「そりゃあそうさ。前は日本橋の立派な菓子屋の主だったんだろう。落ちぶれた姿を見せたくはないさ。男には見栄《みえ》ってもんがあるんだ」

「でも、牡丹堂のおかみさんたちは松兵衛さんが鎌倉にいるって知ったら安心するわ」

「うん、まぁ、その気持ちも分かるけどな」

小萩は松兵衛に最後に会った日のことを思い出していた。お福の買い物について行った冬の日、日本橋の橋の上に松兵衛がいた。背中を丸め、川面《かわも》を見つめていた。その背中が淋《さび》しそうだった。

――おや、なんだよ。身投げしそうな人がいると思ったら松兵衛さんじゃないか。こんなところで何をしているんだよ？

お福は声をかけた。

――いや、財布でも流れてこねぇかと思って川を見てたんだよ。

松兵衛はいつもの調子で返した。

――ああそうかい。なんだか背中がわびしそうで、あたしはまた、てっきり身投げでもするんじゃないかと心配したよ。

――冗談じゃねぇや。こんな寒い日に身投げしたら風邪ひいちまうじゃねぇか。

――そりゃあ、そうだ。

落語のようなやり取りに、小萩も笑った。

そして、その晩、松兵衛一家は消えたのだ。

松兵衛は意地っ張りで負けず嫌いの江戸っ子だ。弱り切っている時でさえ、自分を茶化《ちゃか》して笑いに変えた。

「落ちぶれた姿を見せたくないか。しょげた自分を見せたくなかったに違いない。そうだな。俺はやっぱり人の気持ちに疎《うと》いんだな」

伊佐が淋しそうな顔をした。

「まぁ、そうしょげなさんな。急にあんたが現れたからあわてたけどさ、あの御仁《ごじん》もうれしかったと思うよ。だって、その伊勢松坂の紅色ってのはすごいもんなんだろ。菓子職人の憧《あこが》れなんだろ」

「もちろんよ、おじいちゃん。見世はほかの人のものになったけど、伊勢松坂の紅色は取られなかったの。代々伝わってきたもので、店でも松兵衛さんと職人頭の由助さんの二人しか出せなかったの。それくらい難しいものなのよ」

「見世の魂ってもんか。それをちゃんと分かってくれる人がいる。鎌倉中、自分を捜してくれた人がいる。もう、それだけでいいんだ。あんたの気持ちは伝わったよ。十分だ。……よし、じゃあ、そばでも食べに行くか」

おじいちゃんは立ち上がった。

豊波に戻り、夕餉をすませてくつろいでいた時だ。裏の戸が叩かれた。

お時が出ると、松兵衛がいた。

「夜分に申し訳ない。こちらに、二十一屋の伊佐って人がいませんか。俺は……菓子屋の松兵衛と言います」

お時に告げられると、伊佐は飛び上がるように戸口に走っていった。

「おう、伊佐か。昼間はすまなかったな。俺もあんまり思いがけなかったから、ちょいとあわてちまったんだ。お前、まだ、しばらくこっちにいるのか」

「いや。明日の朝、こっちを発《た》とうかと思っていたんだけど」

「悪いな。昼まで時間をもらえないかな。ちょいと仕事が立て込んじまってさ。おめぇに頼みたいんだ」

「いや……、だけど……、それだと……明後日《あさって》には見世に戻らなくちゃなんねぇから……」

伊佐は断りそうな口ぶりになった。

二人のやり取りを聞いていたおじいちゃんが、後ろから大声をあげた。

「おい、何を言われているのか分かっているのか。この人は、あんたに、そのなんとかいう紅色を、見世の魂ってやつを見せようって言ってくださっているんだよ。ありがたく受けないでどうする」

伊佐ははっとした顔になった。

「保土ヶ谷までなら四里（約十五・七キロメートル）だから、昼過ぎに出ても夕刻には着けるわよ。間に合わなかったら、どこか手前で宿をとればいいんだし。せっかくだもの。二人で行ってお手伝いしてくれれば」

お時が言った。

「じゃあ、明日の朝。ちょいと分かりにくいけど、迷ったら近所で聞いてくれ」

松兵衛は帰って行った。

三

早朝、まだ暗いうちに伊佐と小萩は豊波の家族に別れを告げて家を出た。

旅の荷物のほかに、小萩は煮しめや焼き魚を入れた重箱と家でつくった魚や野菜の干物を手にしている。重箱は昼餉に、魚の干物は手土産だ。

鶴岡八幡宮の周辺は雪ノ下と呼ばれ、少し歩くと林と畑が広がった。一本道をしばらく進むと一軒の大きな農家があった。裏手にまわると小さな家がある。それが松兵衛たちの住まいだった。

「ああ、よく来たねえ。助かるよ」

松兵衛が機嫌よく迎えてくれた。松兵衛の年老いた母親と妻の登勢《とせ》と小さな孫二人が顔を出した。

「うちの家族だ。息子夫婦は仕事に出ているんだよ」

はじめて会う登勢は、松兵衛と同じようにやせて、真っ白い髪をしていた。畑仕事をしているのか顔も手もよく日に焼けていた。

「お昼にみんなでいただこうと思って持ってきました。干物は実家の手づくりです」

小萩が重箱と干物を差し出すと、登勢は顔をほころばせた。

仕事場は裏の土間だった。三畳ほどの場所にかまどや水桶《みずおけ》がある。

「立派なもんだろ。魚なんか焼かれると臭いが残っちまうからね、ここは菓子専用。俺だけが使っている。ほかの奴らの煮炊きは、向こうにもうひとつある小さな台所でするんだ」

台の上に白砂糖とふるいがあった。

「唐《から》の白砂糖だって言いたいところだけど、そんなに値を高くするわけにはいかねぇからね。まぁ、中等ってとこかな。和三盆《わさんぼん》はわずかに色味があるから、使えねぇんだ。ふるってくれるかい」

小萩が砂糖をふるった。

その間に、松兵衛と伊佐は紅の染料を準備した。

「紅花《べにばな》の色の出し方は知っているだろ。乾燥させた花びらを水に浸すと最初は黄色い色が出るからそれを取る。水を替えてもう一度浸すと、今度は紅色に水が染まる。二つに熱くした酢を加える。色止めだね」

「それは、牡丹堂でやっているやり方と同じだ」

「牡丹堂じゃ、紅色だけで染めているのかい？」

「ああ」

「まぁ、だいたいそうさね。うちはさ、ほんの少し、藍と黄を入れる。そうすると色に奥行きがでるんだ。だけど、気づくほど入れたらだめだよ。ほんのちょこっと」

小さな鉢を二つ用意し、それぞれにひとさじずつ砂糖を入れ、紅花の黄色い汁、藍の汁を加えてみぞれ状にする。それを、別の砂糖に少量加えて混ぜ、黄色と藍の砂糖をつくった。

今度はもう少し大きな鉢に砂糖をひと摑み入れ、紅花の赤い汁でみぞれをつくる。台の上に砂糖を山盛りにしたら、赤いみぞれを垂らし、両手ですばやくかき混ぜる。かわいらしい紅色の、さらさらの砂糖ができあがった。

「まず、この砂糖の色を覚えておくんだね。肝心なのは、ここからだよ。よく見ておきな」

山盛りの紅の砂糖に黄の砂糖を入れて混ぜる。紅色がわずかに朱に傾く。次に藍の砂糖を入れて混ぜる。紅に振れてきた。

「こんなところかな。紅だけで染めた最初のやつと比べてみるか。結構、違うだろ」

白い紙の上に二つを並べた。

小萩はじっと見つめた。わずかな色の違いだ。だが、受ける感じはまったく違う。わずかな黄と藍が加わって複雑な奥行きのある色になっている。

「色を決めるのは分量じゃねぇんだ。目と手で覚えるもんだ。よし、お前、やってみろ」

松兵衛は伊勢松坂の主の顔になって言った。

伊佐が砂糖を紅色に染める。黄の砂糖を加える。

手が震えている。

「心配するな。最初からうまくいくはずはないんだ。繰り返してやるしかねぇ。自分がそっちの方向に向かっているのか、そうじゃないのか。考えながらやれ」

今度は藍色。

できあがったのは、淡いきれいな紅色だった。

だが、伊勢松坂の紅ではない。伊佐の口がへの字になった。

「悪くねぇよ。悪くねぇ。いい筋をしている。もう一度やってみるか。混ぜるのは黄からだ。次に藍。一回で決めるつもりでやれよ。うまくいかないからって、継ぎ足し、継ぎ足ししたらだめなんだ」

伊佐は何度か繰り返した。火の気《け》のない仕事場なのに、伊佐の額には玉の汗が浮かんだ。

「おお、いいじゃねぇか。さすが牡丹堂の職人だ。よし、こんなところかな。初日にしちゃ、上出来だ。この色を手と目に刻んだろ。大丈夫だ」

松兵衛に言われて、伊佐は大きく息を吐いた。

「な、疲れるだろ。俺は、もう、これだけで一日の仕事が終わった気になる。由助なんか、目方《めかた》が減るなんて言いやがった」

由助は伊勢松坂の職人頭で、松兵衛のほかにただひとり、見世の紅色が出せた男だ。

それから、三人で砂糖に粉を加えてすり合わせ、生地に仕上げた。台の上で、節の目立つ松兵衛のやせた指、伊佐の長くて形のいい指、小萩の白くて短い指がすばやく動いた。すり混ぜることで砂糖が溶けて粉と混じり合い、型に入れて成形しやすくするのだ。やわらかい生地を扱う菓子屋の手はやわらかい、そして繊細《せんさい》だ。慣れた調子で動かしているけれど、生地の状態を手のひらと指で確かめているのだ。

「昔だったら、うちの色じゃねぇなんて捨てちまったけど、今は、そうはいかねぇからね。みんな売って銭こに替える」

松兵衛がおおらかに笑った。

できあがった生地は梅の木型に詰めて成形し、型からはずして板に並べる。そのまま、五日ほど涼しいところで乾かして完成だ。

「気づいたかい？　この部屋は北向きなんだ。上の窓から光が入ってくる。北のやわらかな光がいいんだよ。一年を通して安定している。同じように見えるんだ。南とか西の強い光じゃ、だめなんだよ」

松兵衛の言葉に、伊佐が強くうなずく。

ちょうどその時、頃合いを見計らったように登勢が姿を見せた。

「少し早いですけれど、お昼にしませんか。今日は保土ヶ谷までいらっしゃるんでしょう」

部屋にあがって昼餉にした。板の間の真ん中には小萩が持って来た重箱が鎮座している。

「おお、りっぱな煮しめだなぁ。正月がまた来たようだ」

松兵衛が顔をほころばせた。登勢が母親を連れてきた。二人の孫もにこにこして待っている。

「今日は、本当にありがとうございました。勉強させてもらいました」

伊佐が改まった顔で礼を言った。

「いいんだよ。息子は別の仕事に就《つ》いちまったからね、このまま伊勢松坂の紅色が消えちまうのかって淋しく思っていたんだ。……由助はどうしている？」

「あの後、しばらくして見世を出ました。深川の菓子屋で働いていると聞きました」

伊佐が答えると、松兵衛は悲しそうな顔になった。

「そうか。達者でいるといいけどな。……あいつには申し訳ないことをしたと思っているんだよ。いや、あいつだけじゃないけどさ」

「まじめないい職人でしたよねぇ。見世に来たばかりのころは、まだ、ほんの子供で。やせて目ばかりぎょろぎょろさせて……、物置の陰でよく泣いていましたよ。あなたがあんまり厳しくするから」

「そりゃあさ、あいつは見どころがあったんだよ。ほかの奴とは違ったんだ。だから、こっちも、つい本気になるさ。……みんないなくなっちまったなぁ」

松兵衛がつぶやいた。伊佐も小萩も言葉がなく、うつむいていた。

「でもね、私は今の暮らしは嫌いじゃないですよ。だって、家族そろってご飯が食べられるじゃないですか。日本橋にいたころのあなた様は寄り合いだなんだって、ろくに家に戻ってこなかった。それにこっちは気候がいいの。私はすっかり丈夫になりましたよ」

登勢が明るい声をあげた。

「ああ、そうだな。こっちは食いもんがうまいんだよ。野菜は新しいし、魚も生きがよくてさ。それに富士山が大きい」

「海も大きいですよね」

小萩が言った。

「うん、うん。そうだ。海もいい」

二人の孫たちが、「海もいい」「海もいい」と繰り返した。

古くて狭い家だった。畳はなくて板敷で、柱も曲がっている。隙間風《すきまかぜ》が入るだろうし、雨漏りもするかもしれない。日本橋にいたときには想像もしなかった暮らしだろう。けれど、松兵衛も登勢も母親も二人の孫たちも明るい目をしていた。

松兵衛は相変わらずよくしゃべり、登勢も同じくらいしゃべり、笑った。

「今だから言うけどさ、俺はあんとき、本当に死のうかと思ったんだよ。だけど、こいつがさ」

登勢のほうを見る。

「だってねぇ。この子たちもいるのに、そこまで勝手なことをされたら、困るじゃないですか」

「もう一度、みんなでやり直そう、なんとかなるって言うからさ。まぁ、そんなもんかなっと。もともとが、のんき者だからねぇ」

鎌倉を目指したのは、寺や神社が多いから菓子屋の仕事があるとふんだのだ。知り合いがなかったのもちょうどよかった。

この農家の裏の空き家を見つけてきたのは登勢だ。頼み込んで貸してもらうことができた。それから息子夫婦は近所の手伝いをはじめ、登勢は空き地で野菜を育てた。

最後まで落ち込んでいたのは松兵衛だったけれど、少しずつ干菓子をつくり、売ることをはじめた。

「考えてみたら俺は運がよかったんだよ。だってさ、見世はなくなったけど借金は残らなかった。家族みんな、ひとりも欠けずにここまで来たんだ。また、菓子をつくるよ。新しい菓子を考えているんだ。ここは寺も神社も多いからね。使ってもらえたら大きいんだよ」

松兵衛が言えば、登勢が笑う。

「まあた、そんな大風呂敷を広げて。いつになるか、分かりませんよ」

「そんなわけだからさ、牡丹堂のみんなにもよろしくな。こっちはこっちでなんとかやっているから、安心してくれって。心配かけてすまなかった」

意地っ張りの負けず嫌いな男はやせた胸をはった。

松兵衛のところを出たのは、昼を少し出た時刻だった。

街道には小萩たちと同じような旅人や駕籠《かご》に乗った人や荷物を積んだ馬が行き交っていた。

小萩は温かい気持ちでいた。

前を歩く伊佐が言った。

「家族っていいもんだな。いや、仲のいい家族はいいもんだ」

「松兵衛さんのうちのこと？」

小萩がたずねた。

「あそこもそうだし、小萩の家族も」

「うちはにぎやかなだけよ」

「それがいいんだ。みんなが言いたいことを言えるのは、仲がいいってことさ。お互いを大事に思っているのが分かる。俺は親父を早くに亡くして、おふくろも出て行っちまった。牡丹堂に引き取られて育った。だから、家族ってもんがよく分からなかったんだ」

「だって、牡丹堂の人たちも家族でしょ。伊佐さんのことを家族みたいに思っているわよ」

弥兵衛にお福、徹次、亡くなったお葉《よう》、その子供の幹太。使用人の伊佐や留助、小萩や清吉も含めて、大きな家族のようなものだ。

仲の良い家族の見本のような牡丹堂の人たちといっしょにいて、伊佐はどうして、家族というものが分からないと言うのだろうか。

「私のほうが分からないわ。幹太さんは伊佐さんのことを伊佐兄と呼んで慕っているし、おかみさんも『息子のようなものだ』っていつも言っている。もっと頼ったり、甘えたりしてもよかったのに」

「そうだなぁ」

伊佐は黙った。荷物を背負った背中が少し丸くなった。

「怖かったのかもしれねぇなぁ。家族みたいに思ってしまうのは、危ない、それはやめておけって、自分の中のもう一人の自分が言ったんだよ。……暖かい部屋にいて、そこにすっかり慣れてしまったら、寒い部屋で暮らすのがつらくなる。それなら、いっそ、最初から暖かい部屋なんか知らないほうがいいんだ」

小萩は伊佐の淋しさを思った。

伊佐は父親を亡くし、母親と二人で長屋暮らしをしていた。七歳のとき、その母親が出かけたまま戻らなかった。伊佐はひたすら母親を待って三日間を過ごし、長屋の住人に助け出された。その後、縁あって牡丹堂に引き取られた。母親がある事件に巻き込まれて、戻れなくなったと知ったのは、ずっと後になってからだ。

「牡丹堂の人たちはみんなやさしかったし……。とくに、お葉さんは……幹太さんと同じように……、本当の息子みたいに接してくれた。……だから、余計に甘えちゃいけないって思ったんだよなぁ」

伊佐は黙り、足を速めた。

その話はもうおしまいかと思ったら、しばらくして、また伊佐は話しはじめた。

「長屋の人たちの中には、おふくろのことをよく思っていない人がいて、あれこれと噂《うわさ》をしていたんだ。子供だからいいだろうと思っていたのかもしれないけど、そういうのはちゃんと分かるんだ。今まで普通につきあっていた人が、あること、ないこと言うんだぜ。俺は悔しかった。食べるのがやっとの暮らしで、おふくろはいつも疲れた顔をしていたけど、俺をおいて出て行くような人じゃないって言いたかった。だけど、俺は子供だし、おふくろが戻ってこないっていうのはほんとのことだから何にも言えなかった」

「うん。それは……悲しいね」

「牡丹堂に来て、お葉さんに会った。きれいでやさしくて、頭のいい人だった。世の中にこういう人もいるんだって思った。だからこそ、俺はお葉さんと自分のおふくろと比べちゃいけないと思った。だって、それじゃあ、あんまりおふくろがかわいそうだよ。おふくろには、頼りになる親兄弟がいなかったんだ。たったひとりで頑張っていたんだよ。……精一杯だったんだ」

気持ちのこもったやさしい口調だった。

——おふくろは、いつか必ず戻って来る。

それは伊佐の願いだ。悲願といっていい。周囲がなんと言おうと、どれだけ年月が過ぎようと、伊佐は、頑としてその想いを持ち続けたのだ。

十年以上が過ぎて、突然伊佐の前に現れた母親は、飲み屋の女になっていた。あろうことか、伊佐に自分の借金を肩代わりさせようとしたのだ。

それでも母親を見捨てなかったのは、伊佐の意地だったのか、母への想いだったのか。弥兵衛やお福、徹次たちの働きで、なんとか収めることができたのだが、職人としての未来を棒にふるところだった。

でも、伊佐は母親を責めなかった。

そしてその後、病に倒れた母親の看病をした。そのことで疎遠になっていた祖父母とも縁がつながった。

「おかあさんのことが、大好きだったのね」

「おふくろのことが嫌いな人なんかいるのか？　まぁ、俺は甘えっ子だったからな」

伊佐は笑った。

文を入れた小さな箱を背負った飛脚《ひきゃく》が二人を早足で追い越していった。海風が松の枝を揺らしている。

「……自分の子供には、俺みたいな悲しい思いをさせたくないな。ふつうに両親がいて、ふつうに飯が食べられて、それでいい。いっしょに飯を食って、その日あったことをしゃべって笑って。ほかには、いらない」

「私もほかには、いらない」

「ふつうってのは、当たり前じゃないんだよ。特別にすごいことなんだ。感謝しなくちゃいけないことなんだ」

伊佐はまた言った。

小萩の胸におじいちゃんやおばあちゃん、おとうちゃん、おかあちゃん、時太郎たちの顔が浮かんだ。元気で仲が良くて、毎日笑ってご飯を食べて。そのふつうは、じつは特別な幸せなのか。

「いい旅だったな。俺はいい家族に会えた」

伊佐はまた言った。

「いい旅だった」

小萩は繰り返した。

胸の奥が温かくなった。早く牡丹堂に帰ってお福や須美や幹太やほかのみんなに会って、旅の話をしたいと思った。

杉崎と名残《なごり》の松風《まつかぜ》

一

　藪入りが終わると、年始の気分はすっかり去って、日本橋にはいつものにぎやかな日々が戻ってきた。

　江戸に戻った伊佐と小萩は、豊波の人々の様子とともに、松兵衛に会い、紅色の染め方を習ったことを伝えた。喜んだのは松兵衛と長いつきあいのある弥兵衛とお福だった。

「ああ、よかった。松兵衛さんは達者《たっしゃ》だったんだねぇ。どうしているのかと案じていたんだよ」

「世話になった人々を裏切ってしまって申し訳なかった。お陰様で自分たちでなんとかやっているから心配は無用だとも」

「何だよ水臭い。好物でも送ってやりたいのにさ」

　お福は涙ぐんだ。

「いいじゃねぇか。江戸っ子の負けず嫌いの意地っ張りだ、弱った自分を見せたくねぇんだ。それより伊佐。大出来だな。お前、伊勢松坂の紅色を教わってきたのか。大事にしろよ。いつか自分の見世を出すときに、そいつがひとつ、見世の看板になる」

「いや、見世なんて……」

伊佐は頬を染めて口ごもった。

「まぁ、いいさ。お前にその運と力があれば、いつか自然にそうなる。そういうもんだ。なぁ、小萩、そう思うだろ」

「……はい」

小萩の胸に一瞬、二人の将来の姿が浮かんだ。伊佐と小萩が自分たちの見世で菓子をつくっている。灯《あか》りがともったように小萩の胸を熱くした。

その日から、伊佐は手が空くと毎日のように松兵衛から習った紅色を試していた。

幹太や留助もやって来て、その仕事ぶりを眺めている。しかし手は出さない。

「だんだん伊勢松坂の紅色らしくなってきたなぁ」とか、「やっぱり、いいよなぁ。品がよくて、かわいらしい。江戸好みの粋なんだ」などと言うだけだ。

「なんだ、いっしょにやらねぇのか」

あるとき、伊佐が言った。幹太は首を横にふった。

「いいんだよ。松兵衛さんは伊佐兄に伝えたかったんだよ。大事な紅色のひみつを残す相手は伊佐兄だって思ったんだ」

「そうだよ。伊佐の人柄と腕を見込んだんだ。まぁ、習っても俺じゃあ、つくれない。そういう細かい仕事はなぁ」

留助が笑う。

牡丹堂のやり方は紅花の紅色だけを使うものだ。雪のように白い砂糖に、生成《きな》り色の和三盆を混ぜて、丸みのある色に仕上げている。それは弥兵衛がつくり、徹次の代になって少し変えた。といっても、お客には分からないほどわずかな違いだが。

そんな風にして伊佐は記憶の中にある伊勢松坂の紅色を追い求めていた。


小萩庵では、客の注文に応じてひとつから菓子をつくっている。客の依頼を聞くのは小萩の仕事で、自分で菓子を考え、つくることもあるし、仕事場のみんなの知恵や腕を借りることもある。小萩だけでなく、幹太や留助、伊佐たち職人の技を磨かせようと徹次が考えたものだ。

その日、小萩庵にやって来たのは、日本橋の紙屋、長栄堂《ちょうえいどう》の主で、茶会に使う菓子をつくってほしいという。号は秋照《しゅうしょう》。えらの張った、色の黒い四角い顔の五十がらみの男だった。上等の紬《つむぎ》に町人髷《ちょうにんまげ》を結っている。大きな太い声でしゃべった。

小萩は奥の三畳間に案内した。

「ほう、こちらが牡丹堂さんの奥座敷か」

坪庭《つぼにわ》の赤い椿《つばき》の花を眺めて言った。

「いえいえ、そのような贅沢《ぜいたく》なものではありません。以前は、おかみがお馴染みさんとおしゃべりをするのに使っておりました。今は、小萩庵をたずねていらしたお客様のご希望をうかがうことも多いのです。その折、私が承《うけたまわ》っております。小萩と申します」

小萩はていねいに挨拶をした。

「こちらでは、ひとつから注文を受けていただけると聞いたのですが、本当ですか」

「はい。お客様のお好みに合わせておつくりいたします。菓子は私も含めて職人たちで相談し、見本でご確認をいただきます」

「なるほどねぇ。霜崖《そうがい》さんに聞いた通りだ」

秋照はうなずく。霜崖は薬種問屋《やくしゅどんや》の隠居で茶人の間ではよく知られている人だ。

「霜崖様のご紹介でございましたか。牡丹堂も長くご贔屓《ひいき》にあずかっております」

「私もね、霜崖さんに誘われて茶をはじめたんだよ。それまでは商いが忙しくて、それどころではなかったんだけどね、五十の声を聞くなら、そろそろ趣味のひとつもあった方がいいなんて言われてね。ほら、あのお点前《てまえ》ってやつ？　しち面倒くさいもんだと思っていたけど、慣れてきたらそうでもない。案外、面白いもんだと分かった」

「さようでございますか」

ちょうど、須美が茶を運んで来た。やわらかな茶の香りが部屋に漂った。

「うまい茶だな」

「ありがとうございます」

「五十になってさ、やっと茶がうまいってことに気づいたんだ。それまでは、半日算盤《そろばん》をはじいて帳面をながめていた。茶が入りましたよなんて言われても、今、手が離せねぇんだなんて答えて、冷めたやつをぐいっと飲み干していた。味のことなんか、考えていなかった。だから、自分が茶室に座って湯が沸く音を静かに聴くようになるなんて、思ってもみなかったよ」

大らかに笑った。

茶道は日本橋あたりの裕福な旦那衆に広まっていて、四季折々、茶会を開いて仲間を呼んだり、呼ばれたりしている。商いは人と人とのつながりが大切だから、そうやって顔を売っておくのも大事と加わる人も多い。最初はわけも分からず、ただ誘われるまま、おつきあいで座っているうちに、だんだんと茶の湯の面白さに目覚め、夢中になる人も少なくない。どうやら秋照もそのクチのようである。

「まぁ、今まではお客として呼ばれていたんだけどね、あれこれ道具もそろったから、そろそろ茶会を開いてみようかってことになったんだ」

「初めてのお茶会でございますか。それは楽しみでございますねぇ」

「いやいや、心配のほうが先に立つ。楽しむなんて境地はまだまだだねぇ。だから、菓子ひとつでも、こうやって教えを乞いにやって来たんだ。日時は二十日ののち。数は余分をみて、十ほど」

秋照は自分の言葉にうなずく。

「それで、どのようなお菓子をご所望《しょもう》でございますでしょうか」

「うん。それなんだけどね、知っての通り、茶会には毎回、ひとつの題目がある。月とか、雪とか。それで今回は松にしようと思うんだ。常若《とこわか》の松。冬の寒さの中、ほかの木々は葉を落としても、松は緑の葉を茂らせている。とてもめでたい。その一方で、冬の冷たい風が松林を鳴らしていく。そういう物悲しい景色も感じられる。……偶然なんだけど、軸があるんだ。『わすれては波のおとかとおもふなり　まくらにちかき庭の松風《まつかぜ》』。なんでも顕《けん》如上人《にょしょうにん》って坊さんが詠《よ》んだそうだ」

『わすれては波のおとかとおもふなり　まくらにちかき庭の松風』

小萩は口の中で繰り返した。

「心が静まるような歌でございますね」

「霜崖さんも、面白いと言ってくれた」

「さようでございますか。そういたしますと、松のお菓子でございますね。それでしたら……」

　小萩の頭の中に、いくつか松にちなんだ菓子が浮かんだ。煉《ね》り切りで松にちなんだものはたくさんあるし、松と雪を緑と白の二色で表したきんとん、すりおろした山芋《やまいも》を皮に練り込んだ薯蕷《じょうよ》饅頭を緑に染めたものもある。

「松風という菓子にしたいと思うんだ」

　思いがけず秋照はきっぱりと言い切った。

「……松風、でございますか。いえ、申し訳ございません。寡聞《かぶん》にして存じませんでした」

「うん。じつは、私も詳しくは知らないんだ。先日の茶会でその菓子の話が出た。都のほうでは格の高い菓子として茶人に好まれているらしい。いくつか京菓子屋にあたってみたが、ないと言われた」

「どのような菓子なのか、だいたいのことでもよいのですが、お聞かせ願えますでしょうか」

「蒸し菓子で、もちもちしている。たいへんに風雅な味わいがするそうだ。干菓子にもあるそうなんだけど、それは別物だという」

漠《ばく》として雲をつかむようだ。秋照の説明だけではよく分からない。

「霜崖様にうかがってもよろしいでしょうか」

「いや、霜崖さんも話に聞いただけで、食べたことはないんだってさ。だからなんだよ。茶会のときにお披露目《ひろめ》して、みなさまを驚かせたい」

「さようでございますか」

お仲間が集うのだから、なにか特別な趣向を用意してもてなしたいということらしい。

「分かりました。その松風というものをこちらでも調べてみまして、また、ご相談したいと思います」

「うん。よろしく頼むな」

秋照は帰っていった。


すぐに仕事場に戻って報告する。

「松風か、めずらしい注文だなぁ。たしか上方《かみがた》の菓子だったなぁ」

徹次が言う。

「はい。京菓子屋さんに何軒かあたったけれど断られたそうです」

「それでこっちに来たのか。千草屋《ちぐさや》さんからもらった古い菓子帖に、その名前があった。だけど、それは干菓子だった。うどん粉《こ》か、そば粉を入れた生地を薄くのばしてぱりっと焼いていた」

伊佐が首をひねる。うどん粉とは麦粉《むぎこ》のことだ。

「ご所望のものは蒸し菓子なんです」

「『古今名物御前菓子秘伝抄《ここんめいぶつごぜんかしひでんしょう》』には載っていないな」

享保《きょうほう》三年（一七一八）に京で出版された古い菓子の本をめくっていた幹太が言った。

「そうだ。俺がいくつか知り合いの菓子屋に聞いてみるよ」

人懐《ひとなつ》っこい幹太はあちこちの菓子屋の仕事場に顔を出していて、主人や職人頭から「二十一屋の若旦那」と呼ばれ、かわいがられている。そのつてを使おうというのだ。

「案外、景庵《けいあん》のお景《けい》さんあたりが知っているかもしれねぇな」

徹次が言った。景庵は日本橋の呉服屋、川上屋《かわかみや》の若おかみ、お景の見世だ。お景が自分で選んだ男物の反物《たんもの》や煙草入れなどの装身具、手みやげ用の菓子を商っている。ちょうど、景庵から相談があるから来てほしいと言われていた。

景庵は川上屋のある表通りから脇の路地に入ったところにある。玄関の脇には小さな睡《すい》蓮鉢《れんばち》があり、金魚が泳いでいる。その脇にひっそりと『川上屋景庵』の看板が出ている。見世というより裕福な隠居の住まいといった風情《ふぜい》の構えである。

戸を開けて訪うと、小女《こおんな》が出て来る。案内されていつものように四畳半の座敷にあがる。火鉢の火がおこっていて、外から入って来たばかりの小萩には暑いくらいだ。違い棚には九谷焼《くたにやき》の香炉《こうろ》がひとつあった。客との会話が聞こえてきた。

「羽織《はおり》のほうは、十日後にお届けいたします」

「早くて助かるよ。お景さんに見立ててもらうものは、いつもほめられるんだ」

「さようでございますか。ありがとうございます」

客が帰っていった様子があり、すぐにお景が姿を見せた。

「お待たせしました。今日、来ていただいたのはね、そろそろひな祭りのお菓子を考えたいなと思っているのよ」

正月が終わったと思ったら、もう、ひな祭りの話である。

「ほら、私はせっかちでしょう。先々のことを考えておかないと落ち着かないのよ」

お景はすでに頭の中に、あれこれと思い浮かべているらしい。菓子はともかく、着物や帯は染めや刺繍《ししゅう》があるから、ひと月、二月《ふたつき》、場合によっては半年前から準備をしないと間に合わない。

懐から、あれこれと書いた紙を取り出して広げた。

一通り希望を聞いて、いったん見世に持ち帰ることにする。

頃合いを見計らったように、小女が茶を運んできた。そこで小萩は切り出した。

「じつは、私の方でも、ひとつおうかがいしたいことがあるんです。小萩庵にいらしたお客様から松風という菓子をつくってほしいとお願いされました。都のほうの菓子らしいのですけれど、お聞きになったことはありますか」

「松風ねぇ……。京のほうってこと？　……思い出したわ。もともとは戦《いくさ》をするときの兵糧《ひょうろう》だったのよ。つまりね、戦場ではいちいち火をおこしてご飯を炊いたりできないでしょ。だから、日持ちがして、食べたいときにすぐ食べられるものを用意しておくのよ」

今は菓子として食べられているけれど、もとは兵糧だったというものは、ほかにもいくつかある。

「それじゃあ、紀州徳川《きしゅうとくがわ》家の『本《ほん》ノ字《じ》饅頭』みたいなものでしょうか」

「そうね。あちらは参勤交代の携行食にも使われているそうよ」

本ノ字饅頭は「本」という焼き印を押した酒饅頭である。紀州の特産品を紹介した『紀《き》伊國名所図会《いのくにめいしょずえ》』にも載っている名物でもある。麹《こうじ》ともち米を発酵《はっこう》させ、麦粉を混ぜた生地であんを包み、蒸したものだ。蒸しあげてすぐはふっくらとしているが、半日もすると固く乾いてくる。そこがねらいで、そうなれば何日も腐らず、持ち運びに便利だ。蒸したり、焼いたりすればおいしく食べられる。

「ゆべしのことは知っている？　あれは伊達政宗《だてまさむね》公が愛用したのよ」

「柚子《ゆず》を使ったお菓子ですよね。あれは、たしかもち米の粉と砂糖と白味噌にゆずの果肉や絞り汁を加えているんですよね」

「さすがにお菓子屋さん、よくご存じね。竹の皮に包んで蒸すと、何年経っても味が変わらないんですって」

ゆべしは切ってそのまま食べられる。もち米が入っているから腹持ちがよいし、砂糖と味噌で風味もよいに違いない。

「でね、私が好きなのは丸ごとのゆずでつくるほうよ。ゆずの中身をくりぬいて、中にもち米や砂糖、白味噌を混ぜて詰めて蒸すの。そのままひと月、二月おくと、味がなじんでさらにおいしくなるのよ。乙《おつ》な味よ。お酒に合うの」

どうやらいけるクチらしく、お景は酒の話になるとうっとりとした目になった。

「えっと、それで松風のことなんですけれど、やっぱりゆずなどを使うんでしょうか」

「……どうだったかしら」

首をかしげる。

「当日は、『わすれては波のおとかとおもふなり　まくらにちかき庭の松風』という顕如上人の和歌のお軸をかけるそうです」

「松風つながりなのね。……顕如上人。蓮如《れんにょ》上人じゃなくて？」

「顕如上人とおっしゃっていました」

「蓮如上人は親鸞《しんらん》上人の仏弟子でしょ。顕如上人もその流れかしら。とすると浄土真宗《じょうどしんしゅう》、南無阿弥陀仏《なむあみだぶつ》ね。うちも、そうよ。お宅は？」

「うちは……ナンマンダブ、ナンマンダブ」

「それ、同じよ」

「そうでした」

小萩は赤くなった。

「でも、お寺さんだったら兵糧じゃなくてお供物《くもつ》かしら？　でも、まぁ、どちらも日持ちがするのは大事だから……。ごめんなさいね。あたしが知っているのは、そこまでよ」

「いえ、とても参考になりました。ありがとうございます」

小萩は辞した。

まだ分からないことも多いが、ともかく兵糧、もしくは供物であるらしいことが分かった。一歩前進である。

そのとき、伊佐が千草屋の古い菓子帖に松風の名があったと言っていたことを思い出した。神田の千草屋は娘のお文《ふみ》が中心となって切り盛りする小さな店だが、かつて職人を何人も雇っていた。お文の父親の作兵衛《さくべえ》は松風のことを知っているかもしれないと思った。

見世の近くに行くと、名物となった福つぐみを焼く甘い香りが漂ってきた。見世の前にはお客が何人も立っている。

「お文さん、こんにちは」

小萩が声をかけると、「あら、いらっしゃい」と明るい声をあげた。

お文が見世に立っていると、光が射《さ》したように明るくなる。うりざね顔に大きな黒い瞳、すっとまっすぐな形のいい鼻。ふっくらとした唇は明るい色をしている。首筋は細く、藍色の着物に同じく藍色の帯をしゃきっと結んでいる。飾りといえば、髪に挿《さ》した椿の花の彫りの入ったつげの櫛《くし》だけ。それが、お文の凜《りん》とした姿によくあっていた。

「相変わらずのご繁盛《はんじょう》ですね」

「おかげさまで。小萩さんはお使い？」

「ええ。でも、ちょっと作兵衛さんに聞きたいことがあってうかがいました」

「おとっつあんなら、奥にいますから、声をかけてくださいね」

住まいになっている見世の裏手に回り、勝手口から声をかける。

「おう、牡丹堂さんか。久しぶり。ああ、気にしないで、そのまんま、入っておくれ」

作兵衛のしわがれた声がした。座敷の部屋をのぞくと、作兵衛が火鉢の前に足を伸ばして座っていた。

「悪いねぇ。寒いとつい、動くのがおっくうになっちまってさ」

以前は痛む足をかばいながら歩いていたが、今は転ぶのが怖くて、一日のほとんどを座っているという。

「じつは、お聞きしたいことがあってうかがいました」

小萩は松風という菓子を依頼されたこと。注文があったのは蒸し菓子だが、伊佐が譲り受けた千草屋の菓子帖には干菓子で松風という菓子があったことを伝えた。

「ご存じでしたら、教えていただきたいのですが」

「松風かぁ。うん、そんな菓子もあったなぁ。なつかしいね。俺の親父がつくっていたよ。あの菓子帖には……、そうか、あそこには菓子の図しか載ってなかったか」

「はい」

伊佐の手元にある菓子帖は、菓子の図と名前だけが書かれている。材料やつくり方の記載はない。

作兵衛は部屋の隅までいざっていくと、箪笥《たんす》に手をかけた。「よっこらしょ」と掛け声をかけて立ち上がろうとする。小萩が肩を貸し、なんとか立つことができた。

「まったく、やんなっちまうね。立ち上がればいいんだよ。それまでが難儀《なんぎ》だ。ちょいと、その二番目の引き出しを開けてくれ」

物入れの引き出しを開けると、作兵衛は古く黄ばんだ紙の束を取り出した。大事に抱えて、また箪笥と小萩の支えを借りて座る。

大きなため息をついた。

「情けないねぇ。困ったもんだ」

そんなことを言いながら、紙をめくった。

「おお、これだ。あんたの言っているのは、この菓子だろ」

作兵衛が指で示した。

「竹流し、または松風。

麦粉を水で、夏は固く、冬はやわらかくこね、柳桶《やなぎおけ》に入れて夏は三日、冬は十日ほどおくと泡が湧きあがってくる。そのまま少しおくと元通りのかさになるので、その表面にはった皮を取りのぞいて灰汁《あく》を混ぜる。別に麦粉と白砂糖を混ぜ、これを合わせ、一晩おき、厚紙に薄くのばして平鍋に入れて蓋《ふた》をし、上下に火をおいて膨《ふく》れるまで焼き、切り分ける。

松風は、同様につくり表面にけしの実を散らしたものを呼ぶ。裏は実がなくてさびしい。松風の音ばかりで浦（裏）さびしいというので、松風と命名したという話が『橘庵漫筆《きつあんまんぴつ》』に出てくる」

作兵衛は声をあげて読んだ。

「灰汁を混ぜるんですか？　そういう方法もあるんですね」

小萩は驚いて声をあげた。

「うん。今はあまりやらない方法だけれどねぇ。くぬぎとか、山菜を煮るときに灰汁を使うけどな。昔は、麦粉も荒々しかったのかなぁ」

首を傾げた。

小萩は懐から紙を取り出し、作り方を写した。

「あら、めずらしい。古いお菓子の話？」

そのとき、茶を持ったお文が入って来た。

「そうなんだよ。なんでも、松風をつくりたいって聞きに来てくれたんだ。とっておいてよかった。役に立ったよ」

小萩は松風をつくりたいという客が来たことを説明した。

「千草屋さんからいただいた菓子帖に干菓子の松風があったから、もしかしたら作り方をご存じかなって思って来ました。でも、お客様のご要望はもちもちした蒸し菓子なんです」

「干菓子と蒸し菓子じゃあ、全然違うものねぇ」

そう言いながら、お文は作兵衛の手元の紙の束をのぞきこんだ。

「あら、ここに灰汁のつくり方があるわよ。『ひさかきの灰五升（約九リットル）を八斗（約百四十四リットル）の水に入れ、灰汁が澄むまでこしていくと六斗（約百八リットル）になる。それを六升（約十一リットル）になるまで煮詰める』ひさかきの灰を使うのね。面白いわ」

ひさかきは姫榊とも呼ばれる常緑樹だ。

「これが面白いのかい？　ずいぶんと手間のかかるやり方じゃねぇか」

作兵衛が呆れたように言った。

「だって、このひさかきの灰っていうところにたどりつくまで、藁《わら》とか、檜《ひのき》とか、いろいろな灰で試してみたってことよね」

たった数行で説明されている灰汁のつくり方は菓子職人が何十回、何百回と試して、これが最適と思った答えなのだ。小萩は伊佐に紅色を伝えてくれたときの松兵衛の姿を思い出した。あの紅色も伊勢松坂の先人が苦労の末に編み出したものに違いない。

小萩が毎日、つくっている饅頭も、大福も、そうした名もない菓子職人の探求心の末に生み出されたものなのだ。

「ねぇ、おとっつあん、その書付けを私にも見せてよ。勉強したいから」

「また、そんなことを言って。いいんだよ、これは。昔、昔の菓子だから、今のお前にゃ役に立たないよ」

作兵衛はあわてて紙の束を隠した。

「ね、おとっつあんたら、いつもこんな調子なのよ。よその人には親切なのに、私が菓子のことを聞こうとすると、ああだ、こうだと言ってはぐらかすの」

「そりゃあ、おめぇ、仕方ないだろう」

口の中でもぐもぐとつぶやき、その様子をお文はにこにこと笑って眺めていた。

千草屋を出て牡丹堂に向かって川添いの道を歩いていると、山野辺《やまのべ》藩の留守居役《るすいやく》の杉崎《すぎさき》がいた。年は三十になるかならずか。夏の名残を残したような黒い顔で、二重まぶたの大きな目が少し飛び出して口が大きい。弥兵衛が釣ってくるはぜを思わせた。

ひげ面で髷が曲がって、色のあせた粗末な着物を着ていて、いつも道端で買ったばかりの菓子をむしゃむしゃと食べている。

小萩は、菓子好きの役職の低いお侍と勝手に思い込んでいたが、俊才《しゅんさい》として知られた人だった。まったく人は見かけによらないものだ。

「杉崎様、今日は。これからおやつですか」

小萩は声をかけた。なぜか、この日の杉崎は菓子を手にしていなかった。

「ああ……。うん……、そうなんだ。なにか一口、つまみたいという気分なんだが……」

歯切れが悪い。

「杉崎様。ひとつおうかがいしたいことがあるんです。菓子のことで」

「菓子のことか？　うん、私で役に立つことであればな」

「今、松風という菓子について調べているんです。菓子でかつては兵糧だったらしいんですけれど。あまり手掛かりがなくて困っているんです」

「ほう、松風か。風雅な名前だな。……顕如上人の和歌にあったな。たしか……『わすれては波のおとかとおもふなり　まくらにちかき庭の松風』」

さすが俊才である。すらすらとそらんじる。

「兵糧と聞いたから思い出したんだ。昔、石山《いしやま》合戦というのがあってな、織田信長《おだのぶなが》と石山本願寺《ほんがんじ》が十年も戦ったんだ。和睦《わぼく》した後、顕如上人が振り返って詠んだ歌だそうだ」

「本願寺って南無阿弥陀仏の、あの本願寺ですか？」

「そうだ。浄土真宗だ」

「昔はお坊さんも戦をしたんですか？」

「ああ。僧兵というのがいた。勇ましいもんだな。石山本願寺は土地持ちで大名からの寄《き》進《しん》もたくさんあった。土地持ち、金持ちで力があったから織田信長とぶつかったんだ」

お景の話の謎をたちまちに解き明かしてくれた。

「釈迦《しゃか》に説法だろうが、兵糧というからには、長く保存ができて、食べたいときにすぐ食べられるものがいい。となると材料はもち米、麦あたり。味噌が入っていたりするのかもしれないな。まぁ、これは私の考えだが。はは、こんな風にのんきに菓子の講釈ができるのも、あとわずかだなぁ」

杉崎は遠くを見る目になった。ふと見ると、福徳《ふくとく》神社のお守りを手にしていた。旅の無事を守ってくださる神社だ。

「たしか、年の瀬になる前に江戸を発《た》たれると、うかがった気がします」

「ああ、そうだ。延び延びになっていたが、いよいよ国元に帰ることになった。出立《しゅったつ》までもう十日もない」

「お名残惜しいです。いろいろ教えていただいて、ありがとうございます」

「牡丹堂の大福が食べられなくなるのは残念だ。しかし、今の私の気持ちを一言で言うと『ときは今天《あめ》が下《した》しる五月《さつき》かな』というところかな」

おおらかな調子で言った。

「元気がいい歌ですね」

「ああ、初夏の風景を詠んだものだ。なんというか、こう、大きな敵に向かって遮二無二《しゃにむに》向かって行くという感じがするだろう。……振り返ってみると、江戸の暮らしは大変なこともあったけれど、楽しかった。なにより菓子がうまい。我が藩もうまいものはたくさんあるんだが、質素倹約を志としているからな、そういうものはめったに口にしない。節制せねばいかんのだ」

「杉崎様のお立場では、みなさまの範《はん》とならなければいけないのでしょうね」

「よいことを言う。そうなのだ。上の者が率先して泥をかぶり、汗をかくから、下の者もついてくる」

強い目をしていた。

国元では、大変な仕事が待っているのだろうか。杉崎は誰に対しても少しも偉ぶらない。その人が先頭に立つならば、後の者も苦労を厭《いと》わず働くだろう。

ふと、お文の顔が浮かんだ。髪に挿したつげの櫛のことも。

杉崎はお文のことをどう思っているのだろうか。あの櫛は杉崎が贈ったものではないのだろうか。

お文は器量よしだ。多くの人が顔立ちをほめる。

けれど、杉崎ならば、お文の外見の美しさ以上に、心映《こころば》えの良さを大切に思うだろう。まっすぐに菓子に向かう気持ちや父親や働く人への気づかいを愛《いと》おしく思うに違いない。

そうして、賢いお文のことだから杉崎という人の真価を見ているはずだ。

似合いの二人だ。

小萩は思う。

けれど、それはかなわぬ夢なのか。すべては杉崎が国に帰ることで終わってしまうのか。

「お名残惜しいです」

小萩はもう一度言った。

「そう言ってもらえると、うれしい。牡丹堂の大福の味は忘れない」

杉崎は言った。

牡丹堂に戻ると、幹太がやって来た。

「おはぎ、松風のつくり方分かったぞ。これからみんなでつくるところだ」

「そうなの？　すごい。どこで聞いたの？」

「本菊屋《ほんきくや》さんに百年くらい前の古い菓子の本があって、それに書いてあったんだ」

『古今名物御前菓子図式』というのがその本で、宝暦《ほうれき》十一年（一七六一）に京都の風雅亭《ふうがてい》の翁《おきな》が口伝《くでん》の菓子の製法を公開したものだ。

「そんな貴重な本をよく見せてくれたわねぇ」

「へへ。まぁな。これもいつもの付き合いの成果ってなもんだね」

幹太は少し照れて首筋をかいた。

菓子の製法を書いた本は高価だ。牡丹堂にあるのは享保三年に京都で出版された『古今名物御前菓子秘伝抄』だけである。『古今名物御前菓子図式』はその約五十年後京でまとめられたものだという。

幹太は製法を写した紙を見せた。

「うるち米の粉一升（約一・八リットル）にもち米の粉四合（約七百二十リットル）と白砂糖三百匁《もんめ》（約一・一キログラム）をふるい入れ、粉山椒《こなざんしょう》二十匁（約七十五グラム）と味噌のたまり百匁（約三百七十五グラム）を加えて、団子の固さほどにこね合わせる。布を水でしぼって二つ折りにし、その中にこね合わせた種を入れ、布の上から麺棒《めんぼう》で薄く平らにのばす。これを銅鍋にいれて、銅の蓋をして炭を並べ、上火だけで焼く。適当に焼き色がついたならば、裏返してまた焼く」

「蒸し菓子だと聞いていたけど、これは焼き菓子ね」

「うん、そうなんだ。まぁ、とにかくつくってみるよ。それで、おはぎは何か分かったか」

小萩はお景に千草屋の作兵衛、杉崎に聞いたことを伝えた。

「そうすると、やっぱりもとは兵糧だったのか。なんとなく、そんな感じはするな」

幹太は薄茶色の種を見て言った。

布にはさんで麵棒を転がしてのばす。

「厚みはどれくらいにすればいいんだろうな。こんなもんか」

五分《ぶ》（約十五ミリ）ほどにして銅鍋で焼き始めた。鍋からじりじりと音が聞こえ、味噌の香りが漂ってきた。ひっくり返して取り出す。

「どうだ？　できたか」

徹次が声をかけ、伊佐や留助、清吉も集まって来た。

「うーん。どうだろうなぁ」

布を外すと、茶色っぽい、ねちねちした固まりができていた。材料とつくり方を見れば大方の予想はついていたのだが、最初に松風の話を聞いて想像していたものとは少し違う気がする。小さく切ってみんなで一口ずつ食べた。

「結構甘いな」留助が言った。

「味噌の味がする」伊佐が続ける。

「もちもち、むちむちしているよ」清吉も声をあげる。

それでみんな黙った。言葉を探している感じである。やがて、徹次が口を開いた。

「ゆべしだな。山椒風味のゆべし」

「そうだね、ゆべしだわ」小萩も続ける。

「兵糧に使うんなら、これでいいんだけどなぁ」幹太が嘆く。

京で格の高い菓子として茶人に好まれ、東の茶人たちが憧れる菓子は、別物のような気がする。

「もし、これがそうなら、最初からゆべしのような菓子という注文になったな」

徹次が言い、みんなもうなずいた。

ともかく、小萩は長栄堂の秋照の元にできあがった菓子を届けて進捗《しんちょく》を伝えた。

「古い本に松風の製法がございまして、その通りにつくってみたのがこちらでございます。

おっしゃっていたのとは少し違うような気がいたしますが、いかがでしょうか」

　秋照は菓子を見ると、すぐに言った。

「これとは違うな。だって、これはゆべしじゃないか」

「申し訳ございません」

「うん。いいんだ、いいんだ。わしもあれから、それとなくいろんな人に聞いてみたんだ。どうやら京の寺に伝わっているものらしいんだ」

「浄土真宗ゆかりの菓子ですよね」

「いや、顕如様のほうじゃないんだそうだ。なにしろ京には寺がたくさんあるじゃないか。宗旨もいろいろあるんだよ」

　肝心なところが分からない。

「なんだか、面倒なものを頼んでしまったね。あまり日がないけれど、頼んだよ。私もいろいろ話を聞いているうちに、どうしてもその菓子を用意したくなったんだ」

　秋照は言った。

二

ふだん弥兵衛とお福は室町の隠居所にいる。といっても、まだふたりとも元気なので、弥兵衛は趣味の釣りや将棋《しょうぎ》に出かけて行くし、お福もあれこれと忙しい。小萩は須美のつくったおかずを時々届けに行っている。

その日、小萩が隠居所に行くと、お福が一人でいた。

「忙しいのかい。ちょいと、ゆっくりしておいきよ。お茶でも飲んでさ」

どうやら、なにか話があるらしい。

座敷にあがってお茶をいれる。

お福がおもむろにたずねた。

「お文さんのことなんだけどね。だれか、親しくしている人がいるのかい。……お武家様《ぶけさま》とか」

「お武家様……ですか」

杉崎のことが頭に浮かんだ。

「そういう話は聞いてはいませんけど。どこから聞いたんですか？　作兵衛さんからとか」

「うん、まぁ、そんなところだ。よく来るお武家さんが一人いて、お文さんも頼りにしているらしい。で、それとなく聞いてみたら、あの方はお客さんのひとりですからって言われたそうだ」

「……だったら、そうじゃないんですか」

小萩は用心深く答える。

「娘は男親に本当のことを言わないもんだよ」

お福がちらりと小萩の顔を見る。仲良しのお前はなにか知っているんじゃないのかい。そういう目をしている。

「……いえ、私は」

「お文さんが福徳神社で旅守りの御祈願《ごきがん》をしていたらしいよ」

杉崎が手にしていたお守りが心に浮かんだ。

「いえ、私は何も聞いていません」

小萩はもう一度答えた。うっかり余計なことを言ったら、大変なことになりそうだ。

「そうかい。小萩も聞いていないんじゃや、別にどうということはないんだね。作兵衛さんの取り越し苦労か」

「そうですよ。お文さんは千草屋の仕事が楽しいって言っていましたよ」

「おや、そうかい？」

「この前、菓子のことで作兵衛さんに教えを乞うたんです。引き出しに古い菓子のつくり方を書いた書付けがあって、私にはていねいに説明をしてくれるのに、お文さんには教えないんですよ。昔、昔の菓子だから、今のお前にゃ役に立たないなんて言って」

「なるほどね。これ以上、菓子に夢中になられたら困るってところか。でもさ、年頃の娘なんだから、好きな人がいてもおかしくないよね。……たとえばさ、好きな人がいたら、もう、そんなものみぃんな放り出して、ぱあっとその人のところに行くってのも、いいじゃないか」

「お文さんはどんなに好きな人がいても、足の悪い作兵衛さんをおいていくような人じゃあないと思います」

「だからさぁ、そこが作兵衛さんにしたら辛《つら》いところなんだよ。自分のせいで、お文が嫁にいけないなんてさぁ。相手がお武家さんだって、まったく道がないわけじゃないんだからね。どこかのお武家様の養女になってしまえばいいんだ。そういう人もたくさんいるよ」

たくさんいるかどうかは分からないが、そうなったらいいなと、小萩は思った。

「そうか。小萩も知らないのか。それじゃあ、仕方ないねぇ」

お福は残念そうに言った。


二十一屋は西国《さいごく》の大名家、山野辺藩にお出入りを許されており、月に何度か注文をうかがい、届けにあがる。それは主に弥兵衛と小萩の役である。

山野辺藩の上屋敷《かみやしき》は半蔵門にある。十万石というのは弥兵衛に言わせると「大名の中じゃ、中っくらい」だそうだが、ぐるりと高い石垣塀で囲まれた屋敷は広く立派だ。裏門を守る門番に用件を告げて中に入る。木立の中の道を通り、白壁の蔵や家臣の住まう長屋を脇に見て裏口に至る。案内の女中に用件を伝えると、部屋に案内される。

いつものようにずいぶん待たされて、台所役の二人がやって来た。

台所役首座の井上三郎九郎勝重《いのうえさぶろうくろうかつしげ》は老人と言っていい年齢で、やせて鶴のように首が長い。一方、補佐の塚本平蔵頼之《つかもとへいぞうよりゆき》は四十ぐらい。背が低く、首は太く短い猪首《いくび》である。

「いつもお引き立てにあずかり、誠に恐悦至極《きょうえつしごく》にございます」

平伏して弥兵衛が口上を述べる。

さらに、時候のあいさつとなる。

「厳しい寒さの中にも春の気配が感じられる候となりました。先ほど、こちらに参ります折、白梅が花をつけているのをお見受けいたしました。みな様におかれましては、なおいっそうのご活躍のことと拝察《はいさつ》いたしております」

「白梅とは、蔵の脇のものか。あそこは日当たりがいいのか、毎年、早くに咲き始める」

めずらしく勝重が答えた。

最初のころは苦虫をかみつぶしたような顔をしていたが、何度も顔を合わせるうちに少しずつ心が通じたのか、時折、口元に笑みを浮かべるようになった。

亀戸天神《かめいどてんじん》の東にある梅屋敷の梅はみごとであるとか、湯島《ゆしま》天神も見ごたえがあるとか、梅見の話をする。本題に入る前にあたりさわりのない世間話で場を温めるわけである。大名家のことだから、あまり立ち入った話はまずいし、なにか含みがあると取られてもいけない。

そのあたりの手加減が難しい。職人気質《かたぎ》で口の重い徹次はそうしたことが苦手なので、隠居となった弥兵衛の出番になっている。

いつものように注文を承り、そろそろお暇《いとま》をと思っていると、頼之が言った。

「急なことではあるが、留守居役の杉崎様が国元に戻られることとなった。今後は、なおいっそう、我が藩の発展のためにお骨折りをいただくこととなった」

「さようでございますか。それは、おめでたいことでございます。お慶《よろこ》び申し上げます」

弥兵衛が言い、小萩も頭を下げる。

「すぐに新しい留守居役が着任される。どのような方となるか分からないが、今まで通りと思われては困る」

勝重が答える。その顔が厳しい。

「なお、いっそう励めよ」

頼之が続けた。

弥兵衛と小萩は平伏した。

上屋敷を辞して、牡丹堂に戻る。

空は曇って風が冷たい。

弥兵衛はなにも言わず、足を速める。ずいぶん経って言った。

「小萩、商いで大事なことは何だと思う」

「信用ではないですか」

「そうだな。それもひとつだ。ほかには」

「いい品物をつくることです」

「うん。欠かせないな。ほかには」

「えっと……」

弥兵衛は足を止めると、くるりと振り返った。

「お代をいただくってことだ。それを忘れちゃいかん。あの台所役の二人はきちんと大事なことを伝えてくれた。ありがたかったな」

「つまり、どういうことなんですか」

「杉崎様がいらっしゃらなくなれば、今までのようにはいかないぞ。覚悟しておけってことだ」

「たとえば……、お代をいただけないようなことがあるわけですか？」

山野辺藩は十万石の西国の大名だ。品物を受け取っておいて、払わないなんてことがあるだろうか。

「分からねぇぞ。あれこれ理由をつけて払いを遅らせるかもしれねぇ。値切られるかもしれねぇ。金は払うが見返りをよこせというかもしれない」

「そんなぁ」

「知らねぇのか。今日日《きょうび》、お大名も懐は厳しいんだ」

「よそのお見世はそういうとき、どうしているんでしょうか」

「まあ、大方は我慢だな」

「それじゃあ、割に合わないですよ」

「仕方ないだろ」

勝代の顔が浮かんだ。伊勢松坂も山野辺藩の御用を承っている。

「伊勢松坂さんも我慢ですか？」

「あそこは別だよ。当主の勝代は妓楼の主でもあるから、そっちで絞りとるんだろう」

弥兵衛は含み笑いをする。ふと、首を傾げた。

「それで、杉崎様はいつ、こっちに来たんだっけ」

「三十歳ぐらいの若い宗孝様が藩主になられ、そのときに留守居役に引き立てられたって聞きましたから……、二、三年というところじゃないですか」

「なるほどねぇ。別に大きな不手際《ふてぎわ》もねぇんだろ」

「それどころか、他藩の方たちにまで評判が高いようですよ」

「年も若いし、頭も切れる。これから本領発揮ってときに呼び戻されるのか……。やっぱり、なんかあるな。よし、ちょいと事情をあたってみようか。そうだな。とりあえず、春《はる》霞《がすみ》さんのところだな。杉崎様も懇意《こんい》にしていただろう。見世に戻ったら徹次に言って菓子を用意させろ。ふたりで春霞さんのところに行ってみよう。詳しい話を聞けるかもしれねぇ」

春霞はかつて吉原の花魁《おいらん》、今は、白笛《はくてき》という号を持つ茶人でもある札差《ふださし》と暮らしている。根岸《ねぎし》の里にある白笛の別邸を、弥兵衛とともにたずねた。

座敷に通された。部屋には火鉢が二つもあって赤く火が熾《おこ》っている。外から入るとむっとするほど暖かい。ほどなくして春霞が入ってきた。あでやかな牡丹色の打掛《うちかけ》のようなものを羽織《はお》っている。

座ると、銀の煙管《キセル》を手にとった。春霞の白くて長い指に凝《こ》った細工《さいく》をほどこした煙管がよく似合った。

「おや、めずらしい。弥兵衛さんはすっかりご隠居さんかと思っていたよ」

「そのつもりだったんですけどね、なんだかんだって引っ張り出されるんですよ。人使いが荒いんだ」

弥兵衛の言葉に、春霞が薄く笑う。すうっと細くなった目にぞくりとするような色気がある。

「それで、なにを聞きたいんだい」

「いや、ほかでもない二十一屋がお出入りをさせていただいている山野辺藩のことなんですけどね。今日、台所役から留守居役の杉崎様が国元に帰られるって聞いたんだ。杉崎様には懇意にしていただいていた。まぁ、そのあたりの事情をご存じだったらお聞かせいただだけないかと思いやしてね」

「杉崎のことか。あの男は話も面白いし、人柄もいい。いなくなるのは淋しいねぇ」

春霞は遠くを見る目になる。竹林の笹が風に鳴った。銀の煙管がきらりと光った。

「去年の秋のことだ。山野辺藩に大雨が降った。三日三晩降り続き、土砂崩《どしゃくず》れがあった。橋が流され、堤《つつみ》が破られた。多くの人の家が流され、死んだ人もいた」

「大惨事ですな」

「ああ。あの藩は北の方は高い山に囲まれていて、平らな土地が少ないんだ。いわゆる盆地なんだけどね、盆地と言っても広くはないよ。真ん中に川があって、その両側にゆるやかな坂が広がっている」

春霞は灰を火箸で掻《か》いて、山の間に細長くくぼみをつくった。

「山に降った雨は川となって盆地に流れ込む。水はみんな下に流れちまうから、盆地の底は水がたっぷりあるけど、坂の上のほうはカラカラだ。毎年、水争いも起こっていた。それで堤をつくって高いほうの斜面に水を流すことにした。それが十年前のこと。杉崎の父親が発案して、藩でも一、二を争う土地持ちが金を出した」

「その堤が壊されたわけですかい？」

弥兵衛がたずねた。

「ああ、そうだ。土砂崩れの前には山が鳴るんだそうだよ。そうなると、あっという間なんだってさ。大きな木が根こそぎ倒される。大きな石がごろごろと転がり落ちる。それが家だの橋だのを飲み込んでいく」

「恐ろしいなあ」

「堤の計画は山野辺藩の行く末をかけた大事業だったんだ。十年かけた仕事が一晩で消えた。田んぼの土は流されて、今年、稲が育つかどうかもわからない。金を出した土地持ちは家屋敷を失った。百姓は娘を売ることになるだろう」

「それで杉崎様が国元に戻られることになった……」

「杉崎はね、こんな結果になったけれど、一から出直すつもりだって言っていた。何年かかってもやり遂げるってさ」

「そりゃあ、相当なご覚悟だろうなぁ」

弥兵衛がうなずく。

「ああ。気の毒で言葉もなかった」

小萩はつい何日か前、杉崎と会ったときのことを思い出した。そんなに重い事情を抱えていたのに、いつもと変わらぬ飄々《ひょうひょう》とした様子でいた。それが杉崎という男なのか。

『ときは今天《あめ》が下《した》しる五月《さつき》かな』

小萩は諳《そら》んじた。

「なんだい？」

「この前、たまたま杉崎様と会ってお話をしたときに、今の自分の気持ちはこれだとおっしゃっていました。大きな敵に向かって遮二無二向かって行くという感じだと」

春霞は声をあげて笑った。

「面白いねぇ。さすが杉崎だ。その歌はだれのものか知っているかい」

「いいえ」

「明智光秀《あけちみつひで》が毛利《もうり》征伐に向かう前に詠んだものだよ。光秀は途中で引き返して本能寺《ほんのうじ》の変を起こしたんだ」

「えっ、その時の歌なんですか」

小萩は目を丸くした。

「『身命を賭《と》して』って言うべき時に、主君を殺した大逆賊《だいぎゃくぞく》の歌を引くかねぇ」

まじめに受け取るとはぐらかされる。本音《ほんね》を見せない人なのだ。

「あの方は生まれついての軽みってもんがあるのかな」

弥兵衛もにやりとする。

「苦労人だよ。父親は堤をつくることに一生をささげた。自分が泥をかぶらなければ、まわりもついて来ないからと清貧《せいひん》を貫いた。子供のころは芋ばかり食べていたそうだ」

杉崎はそうした暮らしに、再び飛び込んでいくのか。

お文の白い顔が浮かんだ。

髪に挿した椿の花を彫った櫛のことも。杉崎の手の中のお守りも。

どんなに思い合っていても、すれ違ってしまう運命《さだめ》というのがあるのかもしれない。

火鉢の鉄瓶《てつびん》の湯がたぎって、しゅんしゅんという音をたてていた。

「そうだ。菓子をいただこう。京下りの菓子があるんだよ」

春霞は明るい声をあげた。手をたたくと、小女が姿を現した。

「茶を頼む。それから例の菓子を」

抹茶とともに五寸（約十五センチ）角ほどの箱を持って来た。蓋を開けると、紅白の梅が描かれている。紅梅《こうばい》の華やかさ、白梅《しらうめ》の清楚な姿。梅の香りが漂ってきそうだ。

「落雁《らくがん》だよ。その上に絵が描いてあるんだ。かわいらしいじゃないか」

春霞が指先でつまんでひとつ取り出して、皿にのせた。

「月替わりで絵が変わるんだ。春は桜、藤、秋は紅葉《もみじ》、楽しみだよ」

小萩はじっくりと眺めた。

落雁の白さが目にしみた。この白さがあるから、表面の色が冴えるのかと思った。全体が一つの絵になっているので、取り出すとばらばらになって絵が分からなくなる。判じ物のようだが、謎ときの好きな江戸っ子は面白がるかもしれない。小萩はあれこれと考える。

「この色もいいし、絵柄もいい。京菓子らしい艶《あで》やかさがある。うん、悔しいけれど、やっぱり京菓子は、いつもわしらの先を行っている」

「おや、弥兵衛さんでもそう思うのかい。とっくに追い越したと思っていたけどね」

「いやいや、とんでもない。隠居の身だから、ただもう、うまい、きれいだって言うだけだ」

弥兵衛は菓子を愛《め》で、食《は》んで楽しんでいる。

「ところで、京には松風というお菓子があると聞いたのですが、ご存じですか」

小萩は思いついてたずねてみた。

「松風かい。京の白味噌風味のもちもちした菓子だろ。たしか大徳寺《だいとくじ》様のご縁だと聞いた」

「大徳寺様、ですか」

大徳寺なら京でも指折りの大きな禅寺《ぜんでら》である。秋照が言っていた菓子ではないのか。

小萩は膝を乗り出した。

「もう少し、その菓子のこと、教えていただけませんでしょうか」

「そうだねぇ。表は焼き色がついてけしの実で飾ってあるのに、裏は焼き色がつかない裏は寂しい。そこから『浦寂し、鳴るは松風のみ』という謡曲《ようきょく》にかけてあるそうだ。雅ではんなりとした、京菓子らしい味わいだ」

はんなりとは「花なり」という意味。品がよくて華やかな様子をいう。

「そうですか……。上にのっているのはけしの実なんですね。そうして、白味噌の香りがして、もちもちしている……」

「ああ。もちもちしているけど、ふわふわだ。その菓子をつくるのかい」

「ご注文がありまして」

「そうか。あの菓子は京でも知る人ぞ知るというものだ。牡丹堂にできるかな？　気張っておくれ」

楽しそうに笑った。

二十一屋に戻った弥兵衛と小萩は春霞から聞いたことを伝えた。

杉崎が国元に帰る訳を知って、みんなは驚き、残念がった。

どんな人が着任するのかにより、変わってくることがありそうだが、それはその時になってみなければ分からない。

小萩が松風について新たに聞いたことを伝えた。

「京の大徳寺様ゆかりの菓子で、もちもち、ふわふわしています。京の白味噌の風味があり、表はけしの実で飾ってあるのに、裏は焼き色もつかなくてさびしい。そこから『浦寂し、鳴るは松風のみ』という謡曲にかけてあるということです」

「謡曲の松風ってどんな話なんだ？」

徹次がお能に詳しい須美にたずねた。

「『松風』はお能が好きな人ならだれでも知っているような有名な演目なんです」

「歌舞伎なら十八番という感じか？」と幹太。

「そうね。あるお坊さんが須磨《すま》の浦に来ると、磯辺に松があるの。その松は松風、村雨《むらさめ》という若い姉妹の海人のお墓なの」

僧が宿で休んでいると、夜、汐汲《しおく》み車《くるま》を引いた松風と村雨という二人の若い女が現れ、自分たちは在原行平《ありわらのゆきひら》の寵愛《ちょうあい》を受けたものだと告げる。

「二人は行平への思いを断ち切ることができず、幽霊になってしまっているわけ。旅の僧のお経で二人は成仏《じょうぶつ》するんだけど、そのとき謡《うた》われるのが『浦寂し、鳴るは松風のみ』なの」

「悲しい話ねぇ」

小萩が言った。

「つまり、その菓子は物語にふさわしく寂しげで、能舞台にふさわしい品格があるってことだな」

徹次が言った。

「寂しさと品格か。難しいなぁ」

伊佐がつぶやいた。

留助は腕を組み、幹太は空《くう》を見つめている。

菓銘を味わうというのは菓子の楽しみのひとつだが、江戸の菓子はどちらかというと花や樹木、月や雪などの自然を描いたものが多い。能や芝居の演目にちなんだものはあまりない。

「たとえば、口の中で淡く消えてしまう菓子はどうかしら」

小萩が言った。

「そうだな。色はくすんでいる」と伊佐。

「わかった。だから、けしの実をふるんだ」と幹太。

「甘さも控えめだな」と留助。

「あのぉ」

須美が小さく声をあげたので、みんなの目が集まった。

「じつは、以前、花沢流《はなざわりゅう》の仕舞《しまい》のお稽古に通っていたとき、めずらしいお菓子をいただいたの。特別なときにつくると言われたのだけれど、そのときの演目がたしか『松風』だったような……」

「それはどんな菓子だったんだ？」

徹次がたずねた。

「ごめんなさい。みんなで分けて、ほんの少しだったので味はあまり覚えていないの。全体が茶色っぽくて上にけしの実かなにかがのっていたような……。でも、津谷《つや》さんに聞けば分かると思います」

津谷は花沢流という能楽の師範で、須美とも親しい。別れて住む須美の息子の大輔《だいすけ》の仕舞の先生でもある。

「小萩は津谷さんに会ったことがあるな。須美さんと二人で津谷さんに会ってくれないか」

徹次が言った。

二人で室町にある花沢流の家元の家に向かった。離れの稽古場《けいこば》で待っていると、津谷が現れた。

黒い着物に黒い袴《はかま》の津谷の背筋はすっと伸びている。膝の上にきちんと手をおいて座った。小萩は松風という菓子の依頼があったが、詳しいことが分からない。知っていたら教えてほしいと頼んだ。

「お菓子の松風ですか。牡丹堂さんがお探しのものかどうかは分かりませんが、私どもも特別な日に松風という菓子をつくり、お客様をもてなします。その菓子は大徳寺の塔頭《たっちゅう》とご縁があって、特別に教えていただきましたものです。菓子職人ではないので、上手につくれているかどうかは、わかりませんが」

「大徳寺ですか」

小萩は膝を乗り出す。塔頭とは大きな寺院の敷地内にある独立した小さな寺のことだ。

「ええ、でも、その菓子はよその方にお教えできないお約束です。せっかく来ていただいたのに申し訳ありません」

津谷は心底申し訳なさそうな顔になる。由緒ある寺社には、昔から伝わる菓子があると聞く。松風もその類《たぐい》か。

「いいえ。そういうご事情があれば、致し方のないことです」

須美が答える。

「差支えのない範囲で教えていただけませんか。それは、どのような菓子ですか。たとえば、ゆべしとか」

諦めきれない小萩は食い下がった。

「いいえ、ゆべしというより……、そうですねぇ。かすていらかしら」

須美と小萩は顔を見合わせた。

大徳寺で、ふわふわしている。もう、間違いない。春霞が言っていた菓子だ。

「かすていらですか？　じゃあ、卵を使うんですね」

「いえいえ、卵は使いません。お坊様は卵を召し上がりませんから」

「じゃあ、山芋ですか？　精進料理では山芋をよく使いますよね」

「山芋も使いません。すみません。お答えできないんです」

津谷は困った顔になる。

「そうですよね。失礼をいたしました。ありがとうございます。とても役に立ちました」

何度も礼を言って、ふたりは屋敷を出た。

「ねぇ、お役に立てたかしら」

須美が心配そうにたずねた。

「もちろんですよ。須美さん、大手柄。かすていらみたいな菓子って分かれば、方向が決まります。きっと色は茶色で上にはけしの実がのっているんです。京の白味噌も使うんです」

小萩は答えた。


二十一屋に戻ってみんなに報告する。

「なるほど。そういうことか。しかし、卵も山芋も使わずにかすていらみたいな菓子ができるんだな。ますますつくり方を知りたくなったなぁ」

徹次が言った。

かすていらは泡立てた卵を熱することで生地を持ち上げる。すりおろした山芋も同様だ。泡の力が鍵になる。

「一体、何を使っているんだろう。ほかに泡が出るものなんて、あったかなぁ？」

伊佐が首を傾げた。

「たとえば……大根おろし」

小萩は思いついて言った。

「あれは水気が出ただけだよ」

幹太が即座に否定する。

「豆を煮ると、泡が出るわ」

須美も加わる。

「それは灰汁だ」と徹次。

「お、あったぞ。混ぜると粘りが出て白くもったりするやつ……。納豆だ」

「いや、絶対に違う。それだけは違う」

全員が口をそろえたので、留助はがっかりした顔になった。


つくり方は意外なところから明かされた。

翌朝、いつものように仕事場にみんなが集まると留助が「むふふ」と得意そうに風呂敷包みを見せた。

「あれ、なんだ？　何が入っているんだよ」

幹太がたずねた。

「なんと、松風のつくり方を見つけたんだ」

風呂敷を解くと、焼け焦げた冊子が出てきた。

「はぁ？」

伊佐ががっかりした顔になる。

「これぇ?」

小萩も口をとがらせた。

「なんだよ、みんな。よく話を聞けよ。これはさ、火事で焼けて半分ほどなくなっているけど、菓子屋の種本『古今名物御前菓子図式　下』なんだよ。知り合いの古道具屋に以前、買わないかって言われてそのときは断ったんだけどさ、思い出して昨日、もう一度寄ってみた。そしたら、あったんだよ『松風』のつくり方がさ」

留助は焦げた表紙をめくり、中を見せた。

「俺が見たのは上巻で、ほかに下巻もあったのか。だけど、どうして同じ松風の製法がいくつもあるんだよ」

幹太が首を傾げた。よく見ると、焼け焦げを免れた紙の端に解説があった。上巻は京の菓子屋、風雅亭の翁による製法、下巻は長谷川《はせがわ》良隅という菓子職人の家伝だという。

「ほら、ここだよ。な、『松風』って書いてあるだろ」

留助が読み上げる。伊佐と幹太、小萩が聞く。

「白砂糖一貫(約三・七五キログラム)に水一升五合(約二・七リットル)を加えて煮溶かし、それを冷まして麦粉一貫六百匁(約六キログラム)を入れて練り、柳桶に入れて冬ならば七日、夏ならば三日ほどおくと表面に泡が出てくる。そこへ白砂糖一貫を入れてよくかき混ぜ、鍋へ流し入れて上にけしの実をふり、上下に火をおいて焼く。焼き色がついたところで取り出し、いろいろの形に切る」

「ちょっと待てよ。本当にこのやり方であっているのか？　麦粉ってうどん粉だろ。その泡を使うなんて聞いたことねぇぞ」

伊佐が目を丸くする。

「だから秘伝なんじゃねぇか。だれでも知っていることなら、ひみつにならないよ」

留助が見栄をきる。

「よし、のった」

幹太が声をあげる。

「やってみるか」と伊佐。

「でも、種をつくるのに七日もかかったら間に合わないわ」

「だからさぁ、あったためればいいんだろ、かまどの傍《そば》におきゃあ、いいんだよ。そんなら三日でいける」

「台所もいいな」

それぞれ勝手なことをわあわあ言いあっていたら、「早く、仕事にかかれ」と徹次に叱られた。

いつものように須美や清吉も交じって大福を包んだ。手を動かしながら、小萩は松風のことを考えていた。留助や伊佐、幹太も同じ気持ちだったのだろう。

朝餉の後、三人はおそろしい速さでいつもの仕事を仕上げ、松風にとりかかった。見世のお客が一段落して小萩が仕事場に行くと、三人は麦粉を混ぜていた。

「おう、おはぎ。今、麦粉と砂糖蜜を合わせたところだ。ちょっとずつ、場所を変えておいてみようと思っている」

四つのどんぶり鉢にそれぞれ湯飲み一杯分ぐらいのどろどろした汁が入っている。蓋をして仕事場に二つ、台所に二つおくのだという。

翌日、仕事場と台所のかまどの傍においたどんぶりに小さな泡が浮いていた。きれいに洗った箸でかき混ぜてまた蓋をする。

二日目は泡が増えていた。三日目の夕方には泡は盛り上がるほどになった。なめてみると酸味が感じられた。

「どうだ？　うまくいったか？」

徹次がたずねた。

「と、思うけどなぁ」

幹太が心配そうな顔で答えた。留助も伊佐も顔を見合わせている。

「とりあえず、ひとつ焼いてみろ」

生地を仕上げ、かすていらを焼く鍋に流して蓋をする。蓋の上にも炭をおいて焼く。

やがて、じりじりという音とともに甘い香りが漂ってきた。

「ちょっと、のぞいてみちゃあ、だめですかねぇ」

待ちきれなくなって留助が言う。

「焦げてないかしら」

小萩も心配になる。

「白い湯気が出ているから焦げてはいない」

伊佐が冷静に答える。

「よし、開けてみよう」

徹次の一声で、蓋を開けた。茶色の塊が見えた。

「お、膨らんでるぞ」

幹太がうれしそうな声をあげた。

ざるにあげ、粗熱《あらねつ》をとばす。

そのころには清吉も須美もやって来て、菓子を眺めている。

徹次が包丁を入れた。外側は茶色で中は淡い色だ。小さく切って、みんなで食べる。

「甘いね」清吉が言った。

「だけど、ちょっとすっぱい」と伊佐。

「やわらかいですね」須美が続ける。

「まずくはない……」留助がつぶやく。

「問題は、匂いだな」と幹太。

「ぬかみそっていうか……」小萩はがっかりした。

「京の白味噌を入れたらどうだ。ともかく膨らんだんだ。この方向で何度か試してみろ」

徹次が言った。

「そうだな。これからが工夫のしどころだ」

伊佐が目を輝かせた。

三

それから、小萩たちは何度も種をつくり、菓子を焼いた。もともとそういうものなのか、急いで泡を立てさせようと熱を加えるせいなのか、泡の出方がそれぞれ異なった。それを生地にして焼くと、焼き上がりも変わってきた。真ん中に空洞ができてしまったこともあるし、あまり膨らまなかったこともある。

「火加減とかさ、もう少し説明してくれてもいいよな」

留助が恨めしそうにつぶやいた。

「そういうもんだよ。この本を書いた長谷川なんとかいう職人はきっと思ってるぜ。『俺と同じにできると思うなよ』って」

菓子職人は目で見て、体を動かして会得する。言葉では説明しきれないのだ。

それでもあきらめずに何度もつくっていくと、少しずつ思っていたものに近づいた。

いよいよ当日の朝、伊佐たちは取り掛かった。

鍋から白い湯気があがる。甘い香りがする。

「火からおろすぞ」幹太が言う。

「よし。わかった」伊佐がうなずく。

「蓋を開けていいか」留助がたずねる。

「ああ。開けてくれ」幹太が答える。

小萩は息をつめた。隣で清吉が見つめている。

鍋の中には表面にけしの実をふった薄茶色の菓子が焼き上がっていた。粗熱がとれたところで切り分ける。

「きれいに焼けてる」小萩が言う。

「まぁ、こんなところだろう」幹太がうなずく。

「上出来だよ」伊佐が目を細める。

「まったく。心の臓に悪いよ」留助が空《あ》き樽《だる》に腰をおろした。

秋照の元に届けると、とても喜んでくれた。

「ああ、これですよ。この菓子だ。枯れた感じの中に京の雅が感じられる。さすがですよ、牡丹堂さん」

秋照の世辞ではなく、茶会の客たちにも好評だった。霜崖はわざわざ見世に寄ってくれた。

「松を鳴らす風の音が聞こえるような菓子でしたよ。謡曲『松風』の寂寥《せきりょう》が感じられた。いい菓子でした」


そんな風に忙しくしている間に、杉崎は同じ山野辺藩の藩士三人とともに江戸を発っていった。品川辺りに出かけるような気軽さで、早朝、出て行ったそうだ。

お文は変わらず見世に立ち、時々は仕事場でも働いている。千草屋の福つぐみは人気だ。

その日、小萩が仕事場に行くと伊佐がなにか書いていた。

「なにをしているの？」

「ああ、うん。千草屋さんの菓子帖をお文さんに返そうと思ってさ。気になった菓子を写しているんだ」

その菓子帖は千草屋の主、作兵衛が伊佐にくれたものだ。神田で大きな見世を張っていたころ、見世で扱っていた羊羹、饅頭、季節の生菓子などが鮮やかな色で描かれている。

「返すの？　どうして？　伊佐さんは大事にしていたじゃないの」

「そうだよ。だけど、これは本来お文さんが受け継ぐべきものだ。お文さんがこれから見世をやっていくときに役に立つ」

伊佐はきっぱりと言った。

作兵衛が伊佐にこの菓子帖をくれたのは、お文の相手にという腹積《はらづ》もりがあったからだ。その話は消えたが菓子帖はそのまま伊佐の手元に残った。そのころ、作兵衛の足は今ほど悪くなく、千草屋の当主として働いていた。

「でも、今、あの見世の中心にいるのはお文さんだ。見世に立つだけじゃなく、仕事場で福つぐみを焼く、あんを煉る。どうしたら、もっとお客さんが喜んでくれるか考えて、新しい菓子を工夫している。だから、この菓子帖が必要なんだ」

「そうね。伊佐さんの言う通りだわ。この菓子帖はお文さんが持つべきものなんだわ」

小萩も言った。

仕事を終えた後、二人で千草屋に菓子帖を持って行った。

千草屋では、作兵衛とお文が夕餉を終えてくつろいでいた。菓子帖を返したいというと、作兵衛は驚いた様子になった。

「いや、これは、わしが伊佐さんにあげたものなんだ。今さら受け取れないよ」

隣でお文も困った顔をしている。

「いや、菓子帖はその見世の大事な記録だ。お文さんはこれからの千草屋さんを引っ張っていく人だ。お文さんに役立ててもらいたい」

伊佐はきっぱりと言った。

「あ、いや、千草屋を引っ張るなんてそんな……。お文は娘だし……」

「今のお文さんならそれができる。その証《あかし》が福つぐみだ。お客さんも増えて、見世もにぎわった。これから、第二、第三の福つぐみを売り出すに違いない。そのときに役立たせてほしい」

その言葉を聞いたお文の顔がぱっと明るく輝いた。

「伊佐さん、小萩さん、ありがとうございます。お気持ち、本当にうれしい。役立たせていただきますね」

お文は菓子帖に手をのばした。

「いや、お前、だって……」

「おとっつあん、私は千草屋の娘なのよ。千草屋が誇りだし、ここを離れてほかに幸せがあるとも思わないわ。どうして、私の気持ちをわかってくれないの？」

作兵衛は顔をくしゃくしゃにした。

「うれしいよ。うれしいけどさぁ。……あいつに、……死んだ女房になんて言えばいいんだよ」

「おっかさんも喜んでいると思うわ。千草屋のことが大好きだったから」

お文は明るく笑った。

それから、お文がいれた茶を四人で飲んだ。

「そうだ。例の松風、どうなったんだい。無事にできたのかい」

作兵衛がたずねた。小萩はあちこちたずね、どうやら製法を見つけて仕上げたことを伝えた。

「へぇ。うどん粉と砂糖蜜を沸かすのかい。面白いねぇ。食べてみたかったなぁ」

「お持ちすればよかったですね」

「でも、松風ってなんだか響きが寂しそうじゃない？　茶人の方はそういうのがお好みなんでしょうけれど」

お文が言った。

「じゃあ、お前はどういう菓子がいいんだよ」

「そうねぇ。今の私なら『ときは今天が下しる五月かな』という感じかしら」

小萩は目をあげた。お文が杉崎と同じことを言ったからだ。

「どっかで聞いたことがあるな。だれの歌だろう」

「だれだったかしら？」

お文はとぼけた。

杉崎の顔が浮かんだが、小萩は黙っていた。代わりに「元気がよくて、気持ちのいい歌ね」と言った。

「遮二無二向かって行くという感じがする。今のお文さんにあっているよ」

伊佐もうなずく。

お文は笑っていた。髪につげの櫛を挿していた。杉崎はあのお守りを持って行ったに違いない。

二人はそれぞれの場所で、自分のやるべきことにまっすぐ向かって行くのだろうなと思った。

雪の日の金柑餅《きんかんもち》

一

厚い雲が空を覆う、底冷えのする午後だった。

「寒いと思ったら雪が降ってきたよ」

見世に入ってきたお客が言った。髪に白いものが散っていた。

「あれぇ、とうとう降ってきてしまいましたか」

小萩が客を見送って表に出ると、大粒のぼたん雪が舞っていた。

北国の雪はさらさらとして塩のようだと聞いたことがある。けれど江戸の雪は水気が多く、花びらのように連なって降ってくる。

小萩は両手で雪を受けた。雪はふんわりと手の上に落ちた。上等の白玉粉でつくった求肥《ぎゅうひ》餅《もち》のようにやわらかく、軽やかだった。

雪は夕方に近づくにつれて激しくなった。屋根や木の枝が白く染まり、地面にも積もってきた。お客の足も止まったので、その日は早仕舞《はやじま》いになった。

一夜明けると、昨日の雪が嘘のような晴天だ。三寸（約九センチ）ほども積もってあたりは銀色に輝いている。

「こんなに雪が積もっちまったら仕事にはならねぇな」

隣の瓦《かわら》職人の安造《やすぞう》の声が表から響いていた。

「ああ、こりゃあ、雪見にでも行くしかねぇなあ」

そう答えたのは野菜の棒手振《ぼてふ》りの金太《きんた》だ。二人はさっそく雪見の相談を始めた。行く先は上野《うえの》の山か谷中《やなか》あたり、足をのばして飛鳥山《あすかやま》か。高台にあがって江戸の町を見渡せば、森も家々の屋根も白く染まって見慣れた景色が一変している。めずらしいものが大好きな江戸っ子は、寒さにもめげずに出かけるのである。

店に行く伊佐と小萩の姿を見て、安造が言った。

「菓子屋さんは休みってわけにはいかねぇなぁ。気の毒だねえ」

「まぁ、こういう日にもお客が来るんでね」

伊佐はまじめな顔で答える。その後ろを子供たちが歓声をあげて、走り回った。

雪が降るのは年に何度かしかないから、伊佐も小萩もいつもの下駄で見世に向かう。新しい雪を踏むと、すぽりと足が沈む。それが面白くて、小萩は人の踏んでいないところばかりを歩いた。

「子供みたいだなぁ」

伊佐が笑う。

「だって面白いんだもの」

小萩は笑う。足がすべる、手がかじかんだと、伊佐に甘えて袂《たもと》につかまりながら歩く。

そんなことができるのも雪の日だからだ。

牡丹堂に着くと、大通りから浮世小路の見世の前までみんなで雪かきをした。隣の味噌問屋の手代も出て来て見世の前の雪をどける。台所では寒い中やって来るお客のために、須美が甘酒を用意していた。

それからいつものように大福を包み、朝餉になり、見世を開ける。

驚いたことに、雪の朝にも、お客がたくさんやって来るのだ。

「雪を見ながら、あったかいお茶とお菓子でなごもうって話になってね」

「酒もいいけど、あたしは甘党だからさ」

「寒い中、ありがとうございます。甘酒で温まっていってくださいな」

須美と小萩が甘酒を配る。

温かく、甘い香りが見世に満ちて、お客たちも幸せそうだ。気づけば、大福は早々に売り切ってしまった。

昼過ぎ、お客が切れたので、小萩は金柑《きんかん》の甘煮をつくった。

鎌倉の家には金柑の木があって、毎年たくさんの実をつけた。小さくてまん丸で、香りがいい。そのまま食べても甘くておいしかったけれど、蜜煮《みつに》もよくつくった。母のお時は料理の脇において彩りにしていた。のどがいがいがしたときに、金柑の蜜煮の汁を湯に入れて飲むとよく効いた。

難点は種が多いことだ。

家族が食べる分だけならたいした手間ではないが、売り物にするとなると量も多い。幾筋か切り目を入れて竹串で種をほじくり出す。小萩はざるに山盛りの金柑をおき、背中を丸めて種取りをした。

伊佐は黙々と伊勢松坂の紅色に取り組んでいる。時々、手を止め、記憶の中にある紅色を確かめるように空《くう》をにらむ。

徹次がやって来て言った。

「そろそろだな」

「そうですかねぇ。なんだか、だんだん遠くになってしまうような気がする」

伊佐が答えた。

「そんなことはない。近づいている。暖かくてやさしくていい色だ。このままでいい」

徹次の言葉に伊佐は安心したようにうなずいた。

このままでも十分、華やかでかわいらしい色だと、小萩は思う。でも、伊佐はまだ足りないと思っているらしい。伊佐の頭の中には、松兵衛が見せてくれた紅色がはっきりと浮かんでいるのだろうか。

いっしょに見たはずなのに、繊細で微妙な色合いは小萩の中では薄れ、おぼろげにしかつかめない。

そこが年月の差なのだろうか。伊佐の才なのだろうか。

伊勢松坂の紅色は伊勢松坂の家に生まれた者、あるいは修業した者でなければ出せないと聞いている。その色を律儀《りちぎ》に追いかけている。松兵衛の想いに応えることであり、礼儀なのだと考えているのだ。その頑固《がんこ》さが、伊佐だ。

小萩はまた、自分の仕事に戻る。

徹次はあんを煉《ね》っている。留助はどら焼きの皮を焼く。清吉は習字の練習だ。

雪が解けて雫《しずく》となって、天井をたたいている。

静かな午後だ。

幹太がやって来て、たずねた。

「なあ、雪の日の菓子ってのは、どうだろう？」

「雪の日に食べる菓子ってこと？」

「ああ。雪の日だけ、特別につくる菓子だ」

「須美さんの甘酒みたいなもの？」

留助がクスッと笑う。甘酒はふるまいだ。金はとっていない。

「平賀源内《ひらがげんない》を知ってるだろ」

「もちろんよ。土用の丑《うし》の日にうなぎを食べることを考えた人でしょう？」

本草学者《ほんぞう》にして医者、戯作《げさく》もしたという才人である。その源内が発案したといわれるのが、土用の丑の日とうなぎの組み合わせである。

夏に売り上げが伸びないとうなぎ屋から相談を受けた源内は、「本日丑の日」と張り紙をするよう提案した。「丑の日に『う』のつくものを食べると縁起がよい」という語呂合《ごろあ》わせである。店頭に掲げたところ、そのうなぎ屋が大繁盛し、周りのうなぎ屋もこれを真似はじめ、いつしか毎年の恒例となったという。

「菓子屋はさ、二月が暇なんだ」

一月は正月がある。三月はひな祭りと彼岸《ひがん》がある。その間にはさまった二月には節分以外、これといった行事がない。

「それで、平賀源内にならって雪の日をつくるの？」

「悪くはねぇけどなぁ。天気次第ってのは厳しいなぁ」

留助が話に加わった。

土用の丑の日なら前もって準備できるが、雪はいつ降るかわからない。

「そうかぁ。やっぱりなぁ」

幹太はがっかりした声をあげた。

路地の入り口に女の姿があった。髪は白く、腰が少し曲がっている。七十に手が届くかもしれない。

「少し、おたずねいたします。このあたりに、菓子屋さんはなかったでしょうか」

細い声でたずねた。

「牡丹堂をおたずねですか。それなら、その先の路地をはいってすぐですよ。私は見世の者ですので、よろしければご案内をいたします」

「牡丹堂……」

女は口の中で繰り返し、首を傾げた。

「本当は二十一屋と言います。牡丹堂というのは、二つ名で……」

小萩の説明を聞きながら、ますます困った様子になった。

女はこの寒空に羽織も首巻もまとっておらず、黒っぽい綿の着物を着ている。膝のあたりに雪がついているのは、転んだのだろうか。立ち居振る舞いにどことなく品があるから、裕福な商家の隠居かもしれない。

「とりあえず見世まで行きましょうか。見世の中は暖かいですから」

小萩は誘った。

「そうですか。申し訳ないですねぇ。このごろ、あまり外に出ないものでね、道が分からなくなってしまうんですよ。ここは、どのあたりなんですかねぇ」

「浮世小路と言います」

「はあ……、浮世小路」

また、口の中でつぶやいた。

「雪で足元がすべりますから気をつけてくださいませ」

小萩は声をかけた。

見世に入り、火鉢のそばで温まってもらっていると須美がやって来た。

「どちらの方？」

「今、そこで会ったんですけれど、菓子屋さんを探しているそうです」

徹次に伝えると、大人の迷子かもしれないから自身番に伝えに行けと言われた。自身番に行くと、雪で手が足りない。家が分かったら送ってもらえないかと言われた。

見世に戻ると、女は奥の座敷で須美の半纏《はんてん》を着て火鉢のそばでこっくりこっくり居眠りをしていた。

「部屋にあがってもらったら、すぐに眠ってしまったの。ずいぶん、お疲れのようで」

「歩いて来たのかしら、この雪の日に」

「ご近所にもそういうお年寄りがいたわ。前に住んでいた家に行くって言うのよ。だけど、そこは火事で焼けてしまってもうないの。町の様子も変わってしまっているでしょ。訪ね歩いているうちに、自分がどこにいるのかも、分からなくなってしまうらしいのよ。息子さんがいつもあちこち捜しまわっていたわ」

小萩は女の顔をながめた。目じりに深いしわが刻まれている。安心しきった顔をしていた。

半時ほどすると、女は目を覚ました。

「まぁ、私としたことが、初めてうかがったお宅で申し訳ありません」

女は先ほどとは打って変わって、はっきりとした口調で謝った。神田大工町《かんだだいくちょう》の瀬戸物《せともの》屋亀屋《やかめや》の隠居で名を卯祢《うね》というと名乗った。

「菓子を買おうと思いましてうちを出たんでございますよ。五十鈴屋《いすずや》さんというのは、家の近所にあって、息子が小さいころからよく買いに行っていたんですよ。だけど、いくら歩いても見世が見つからなくてね」

「そうですか。きっと、一本、通りを間違えてしまったんですね」

小萩は茶をすすめながら言った。

「まったく、年を取るとねぇ、困ったものですよ」

話だけを聞いていると、変わったところはとくに感じられない。しかし、先ほどの様子はやはり普通ではない。

「どなたかご家族といっしょにお住まいですか？」

須美もやって来てたずねた。

「亭主はとっくに亡くなって、今は息子夫婦がいますよ。子供は女、女で、その下が男」

「息子さんがいらっしゃる。では、お見世は息子さんが継いでいるんですね」

「そうなんですよ。嫁を取りましてね、孫が二人」

「楽しいですねぇ」

「いえいえ、大変ですよ」

卯袮はおおらかに笑った。

小萩は卯祢を送って行った。

神田大工町の亀屋は手代もおく、大きな見世だった。入り口には茶碗やとっくり、すりばちなど日常使いの品が並び、奥の棚には染付《そめつけ》の皿やつる首びんが置かれている。

「ただいま戻りましたよ」

卯祢が手代に声をかけると、手代は一瞬、声を失い。奥に入った。すぐに、亭主らしい男が走り出て来た。

「おっかさん、今までどこに行っていたんですか」

「いえね、五十鈴屋さんに菓子を買いに行ったんだよ。あんたの好きな菓子を買ってあげようと思ってさ。そしたら、道が分からなくなってね、気づいたら日本橋の方まで行っちまった。こちらは菓子屋の方。親切に家で休ませてくれて、送ってきてくれたんだよ」

「五十鈴屋って……」

次の言葉が出ない。おかみらしき女がやって来て、小萩に頭を下げた。年は三十半ばか。丸顔のやさしげな顔立ちをしていた。

「本当にありがとうございます。お手間をおかけしました。大おかみの姿がないと、朝からみんなで捜しまわっていたんですよ。まぁ、羽織も首巻も貸していただきまして、申し訳ありません。どうぞ、中で休んでくださいませ」

「いえ、私はお送りしただけですから。それでは、これで失礼をいたします」

小萩は羽織と首巻を受け取り、帰ってきた。

二

翌日も晴天だった。雪かきした地面は乾いたが、道の脇には雪が残っている。その雪が凍り、風はいっそう冷たくなった。

幹太をたずねて、日本橋界隈《かいわい》の菓子屋仲間がやって来た。近江屋《おうみや》の息子の栄次郎《えいじろう》と京《きょう》扇屋《せんや》の息子の繁太郎《しげたろう》である。栄次郎は三十を過ぎたくらいか、えらの張った四角い顔に力のある黒い目をしている。繁太郎は二十半ば、色白の細面《ほそおもて》、やせて怜悧《れいり》な感じがある。

二人は曙のれん会のいわば若衆組。新しい商いを模索している者たちだ。

小萩が茶を運んでいくと、三人は菓子を売る工夫をしていた。

「それで、さっきちょっと思いついたんだけどね、如月《きさらぎ》の菓子ってのはどうかと思ってさ。平賀源内の土用の丑の日があっただろう」

幹太が言った。

栄次郎も繁太郎も年上だが、幹太は同輩のような口をきく。古い友人のような親しさである。

「なるほど如月の菓子ねぇ。うん、面白い」

栄次郎がうなずく。

「土用の丑の日は『う』のつく食べ物で、うなぎなんだろ。その伝でいけば、如月は『き』のつく食べ物ってことになる」

雪の日の菓子は伊佐に反対されたので、今度は如月の菓子で行こうと思っているらしい。

「『き』のつく食べ物……。なにかあったかなぁ。おはぎ、なんか、思い出さないか」

いきなり幹太がたずねた。

「き……、金柑があります」

「そっちかぁ」

幹太はちょっとがっかりした顔になる。

「きび餅に切り山椒……」

栄次郎が指を折る。

「きな粉がありますね」

繁太郎が続ける。

「ああ。きな粉をつかった菓子はいろいろあるな」

「求肥はどうだろう。『如月に求肥餅』」

「悪くはないけどなぁ。ちょっと平凡だ。もう少し目新しい感じがほしいな」

「二十一屋さんは求肥餅が得意だからいいけど、うちはなぁ」

二人はのってこない。


仕事場に戻った小萩は前の日、蜜につけておいた金柑の甘煮を取り出した。

蜜を含んだ金柑はやわらかく、つやつやと光っている。

「おお、いい色にあがったじゃねぇか。それをどうやって売るつもりなんだ？」

「小さな壺にでも入れようかと思ったんですけど」

「菓子に仕上げたらどうだ？　古い菓子帖に金柑餅があっただろう」

徹次に言われた。

菓子帖を見ると、金柑餅は金柑の甘煮を求肥餅でくるんだものだった。

「そういやぁ、金柑餅もしばらくつくってないなぁ」

伊佐が言う。

「だって、あれは種を取るのが大変だもの」

留助が顔をしかめて言った。

「それに、金柑の甘煮は汁気が出るでしょう？　どうやって求肥餅でくるむの？　求肥餅がべたべたになってしまうわ」

「簡単だよ。それはさ……」

留助が言いかけて、徹次の視線に気がついて急に口を閉じた。

「まずは自分で考えてみるんだな。最初から教えてもらったら力にならないだろう」

徹次が言った。


幹太たちのところに新しい茶を持って行くと「風邪の神送り」の話になっていた。

「張りぼての人形を作って風邪の神に見立て、賑《にぎ》やかに『風邪の神送ろ』と囃《はや》し立てて川へ投げ込むという行事があるんですよ」

繁太郎が言う。

「あれは上方の習慣じゃないのか。そういう落語を聞いたことがある」

栄次郎が膝を打つ。

落語はこうだ。町内の若者が大家に、風邪が流行《はや》っているから風邪の神送りをしようと話を持ち掛ける。

大家は「昔から『弱身につけ込む風邪の神』という言葉がある。普段から風邪がつけ込む隙《すき》を与えないことが肝心」と説教する。

その後、若者たちは町内の金持ち、藪《やぶ》医者、妾《めかけ》など次々回って金を集める。

「そのやり取りで笑わせるんだな。で、集まった金で風邪の神の人形をつくり、川に投げ込む。その夜、漁師の網に人形が引っかかる」

——だれだ、お前は。

網を持った漁師がたずねる。人形が答える。

——俺は風邪の神だ。

「漁師が答える。『ああ、それで夜網（弱身）につけ込んだな』。これが落ちだ」

幹太と繁太郎が声をあげて笑う。

「まぁ、風邪の神を追い払うほどにはならねぇけど、温かい菓子っていうのはあるな。できたて揚げ饅頭とか、汁粉《しるこ》とか」

「揚げ饅頭は油鍋がなぁ。匂いもこもるし」

「汁粉は見世で食べてもらうのか？　腰かけるところがねぇよ」

三人は頭を抱えた。

「酒饅頭くらいならできるかなぁ。七輪《しちりん》をおいて蒸籠《せいろ》をのせる」

「ああ。酒饅頭なら匂いも強くない。それにあれはすぐ固くなるからな。温かいやつが買えるのはいいかもしれない」

なんとなく話がまとまってきた。

「とりあえず、三人だけでも始めてみましょうか。如月にあったかい酒饅頭……。もう、ひとつしまらないなぁ」

「『寒い日には酒饅頭』ってのはどうだ？」

「分かりやすくて、まぁ、いいんじゃないか」

と、そんな風に店頭で酒饅頭を売ることが決まった。

繁太郎、栄次郎が帰ったあと、幹太は徹次に相談をした。

「しかし、酒饅頭なら水茶屋《みずぢやや》でも売っているじゃないか。水茶屋の仕事をとるというのはどうかな」

「だけど、水茶屋で扱っているのは麦粉とか黒糖饅頭だ。うちの酒饅頭みたいな上等なやつはおいていない」

「まぁ、そうだな。それで酒饅頭はどこにおくんだ？　見世の中か、外か？」

「湯気が出ているところを見せたいから外だな。七輪に湯をはった鍋と蒸籠をのせて、饅頭をふかす。あと、のぼりを出させてくれ。『寒い日には酒饅頭』ってやつだ」

「のぼりか。うん、まぁ、いいだろう」

徹次はうなずいた。


午後になると、亀屋のおかみがたずねてきた。

「昨日は姑《はは》が大変お世話になりました。ありがとうございます。私は亀屋のおかみで元《もと》と申します。あらためてお願いしたいこともございます」

お元はていねいに礼を言った。

「おかげさまで、姑は風邪もひかず元気に過ごしております。じつは、あんな風に一人で外に出てしまうのは、昨日がはじめてではないのです。それで、女中をつけていたのですが、朝餉の支度のため、少しの間、離れました。その間に抜け出してしまったようです」

「それはご家族も大変ですねぇ」

「ふだんは立ち居振る舞いも昔と変わらないのですが、なにかの拍子《ひょうし》にくるりと変わる。ふっとなにかが抜けてしまうようなのです。とくに昨日のような雪の日は……。以前のしっかり者の姑を知っておりますので、寂しいと申しますか。年を取るのは辛いことでございますねぇ」

悲しげな顔をした。

「お姑様《かあさま》は菓子屋さんを探しているとおっしゃっていましたが」

「はい。近所に以前、五十鈴屋さんという菓子屋さんがございました。姑はその見世の金柑餅、金柑の蜜煮を求肥餅でくるんだ菓子ですけれど、好きだったそうです」

「金柑餅ですか」

小萩はつぶやいた。

「五十鈴屋さんはかなり以前に見世を閉めたのですが、姑はそのことを忘れてしまうようなのです。いえ、ふだんは分かっているのですよ。ただ、その『くるり』が来ますと、忘れてしまう。そして、ふらふらと家を抜け出してしまうんです。なにか金柑餅に特別な思い出があるようで……。主人は、金柑餅が食べたいだけなのだから、金柑餅を食べさせてやればいい、そうすれば、家から出ることもないと申します。ですが、金柑餅はどこでも売っているというものではございません。困っておりました。伺いましたところ、こちらでは注文のお菓子をつくってくださるそうですね」

「はい。お客様のご希望にあわせておつくりしています」

「それでお願いなのですが、姑のために金柑餅をつくっていただけませんでしょうか」

「ええ……、もちろんです」

歯切れが悪くなる。

蜜煮にした金柑を求肥でくるむ方法が分かっていないからだ。

「ただ、少し、こちらもお願いがございまして……」

今度はお元が言いよどむ。

「姑は最近、飲み込むことが苦手になりまして、とくにお餅は危ないんでございます。何度かのどに詰まらせそうになりました」

「御前《ごぜん》汁粉のようにとろみがあるものはいかがですか？」

「ええ、それは大丈夫なんでございます。家でも、姑の食事はとろみをつけるようにしております」

「では御前汁粉のように仕立てて、金柑を浮かべましょうか。……ああ、でも、それでは金柑餅に見えませんよね」

「そうなんです。やはり形は丸く……、五十鈴屋さんの金柑餅に近いもので……」

「ううん……」

「やはり、難しいですよね」

「いいえ、大丈夫です。でも……少し考えさせていただけませんか」

小萩は答えた。

お元は何度も頭を下げて帰っていった。

仕事場に戻ると幹太が墨をすっていた。

「考えたんだけどさ、酒饅頭ののぼりの文字は清吉に書いてもらおうと思うんだ。清吉の字はいいよな。読みやすいし、まじめで懸命な感じがする」

隣の清吉は真剣な表情で、幹太の書いた「寒い日には酒饅頭」という文字を見つめている。

「清吉さん、すごいじゃないの。頑張ってね」

小萩が声をかけると、頬を染めてうなずいた。

「最初は紙で練習しよう。それで、うまく書けそうだったら本番だ」

幹太がうながす。

「すごいなぁ。清吉は本物の書家だな。練習した甲斐があるな」

留助が声をかけた。

「しょかって何のこと？」

「文字を書く人だ。清吉の書いたのぼりが、お客さんを呼んでくれるといいな」

伊佐が答える。

「小萩、今のお客さんの注文はなんだった？」

徹次がたずねた。小萩はお元の話を伝えた。

「お餅はのどに詰まらせるかもしれないから、御前汁粉みたいなとろみのあるものでつくりたいそうです。でも、それでは卯祢さんのお気持ちに沿わないような気がしています」

「それで、小萩はどうしようと思っているんだ？」

徹次が言う。

「それが分からなかったので、後ほどお返事しますとお答えしました」

「そうか」

なんだか、徹次にはもう答えが分かっているような口ぶりである。この前、金柑餅のつくり方のときと同じ顔をしている。

小萩が考えていると、幹太が顔をあげて言った。

「簡単じゃねぇか。寒天《かんてん》を使えばいいんだよ。汁粉を寒天で固めて中に金柑の甘煮を入れるんだよ。冷たいときは丸い菓子の形をしているけど、温めれば溶けて汁粉になる」

「そうだわ。その通りだ」

そうか、材料を変えればいいのか。

そんな風にすぐ思いつくことができるのは、幹太の頭がやわらかいだけでなく、寒天や白玉粉など素材の性質をよく分かっているからでもある。

「さすが、幹太さん……」

言いかけて、小萩ははっと気がついた。

「そうか、金柑餅は一度、金柑の甘煮を寒天につけてまわりを固めればいいのね。そうすれば、求肥がべたべたしない」

「そうだ。その通りだ」

徹次が笑みを浮かべた。

小萩はさっそく寒天製の金柑餅をつくってみた。白小豆の汁粉に寒天を加えて湯飲みに流し、金柑の甘煮を入れた。しかし、金柑が見えなくなるまで汁粉を注ぐと、大福ぐらいの大きさになってしまう。

「あらら」

「なんだよ。金柑餅は小さくて丸いからかわいいんじゃねぇのか」

留助がしょうがないなという顔をする。

ちょうど良い大きさの器を探したら、戸棚の奥に小ぶりの煎茶茶碗があった。しかし、今度は金柑が半分くらいしか浸《つ》からない。仕方ないので、汁粉が固まりはじめたときに、さじですくって上からも汁粉をかけることにした。

いくつか試し、きれいにできたものを選んでお元のところに持って行った。

「今は丸い形をしていますが、温めれば汁粉に変わります。これで、いかがでしょうか」

お元はとても喜んだ。

「まあ、ありがとうございます。これなら、姑も食べられます」

うれしそうに言われた。

小萩もその様子に一安心した。だが、あらためて眺めると、それは金柑餅というより金柑寒天という様相をしていた。求肥餅を使っていないのだから当然である。

本当にこれでよかったのか。

ふっと疑問が心をよぎった。

三

清吉が文字を書き、須美が縫った手作りののぼりが、牡丹堂の前に立った。

「寒い日には酒饅頭」

黒々とした文字は目をひいた。見世の前におかれた蒸籠では酒饅頭が湯気を立てている。

「あれぇ、牡丹堂さんじゃや、酒饅頭を蒸しているのか。ありがたいねぇ」

やって来たお客がひとつ、ふたつと買っていく。

「温石《おんじゃく》になる」と、うれしそうに懐に入れる者もいる。

蒸籠に入れた分はすぐ売り切って、幹太は蒸籠を大きなものに変えた。同じころ、繁太郎や栄次郎の見世でも清吉が書いた「寒い日には酒饅頭」ののぼりが客を呼んで、酒饅頭が売れていた。

翌日になると、曙のれん会の菓子屋の息子たちが次々とやって来た。

「なんだよ。栄次郎さんや繁太郎さんから聞いたよ。三人だけで面白いことやってずるいよ。俺も仲間に入れてくれよ」

「もちろんだよ。構わねぇから、やってくれよ」

次の日になると、あちこちの菓子屋で温かい饅頭を扱うようになった。酒饅頭だけでなく、黒糖饅頭に麦粉饅頭と種類も大きさもさまざまなものが見世に並んだ。

仕事の手が空いて、留助、伊佐、幹太、小萩が井戸端に集まったとき、その話になった。

「幹太さんは太っ腹だなぁ。せっかくの儲《もう》け話をあちこちに広めちまってさぁ」

留助が感心した顔になる。

「太っ腹もなにも、蒸し饅頭だからどこの見世でもやれるじゃないか。二月は温かい酒饅頭っていうのが決まりになるといいよな」

幹太のねらいは「土用のうなぎ」のように「寒い日には酒饅頭」が人気になって、決まりの菓子になることなのだ。

「だけど、不思議ね。伊勢松坂では酒饅頭を扱っていなかったわよ」

小萩は首を傾げた。たまたま見世の前を通りかかったのだが、いつもどおりに藍色ののれんがかかっているだけだ。何事にも目ざとく、儲け話は絶対に見逃さないと思われた勝代の出足が遅いのは、どういうわけか。

「なんか、別のことを考えているのかな」

伊佐が言う。

「案外、幹太さんに先を越されたのが悔しかったりして。『なんで、お前が考えない』なんて、番頭を叱っているとか」

「そんなわけ、ねぇよ」

幹太は笑ったが、負けず嫌いの勝代ならありそうなことである。


隠居所のお福のところに届け物に行くと、お福はうれしそうにしていた。

「幹太がすごいことを始めたんだってね」

早耳のお福はさっそく噂を聞きつけていた。

「おかげで酒饅頭がよく売れています」

「自分だけのものにしないで、菓子屋がみんなを盛り上げるようにしたっていうじゃないか。偉いもんだって、うちに来る酒屋さんがほめていたよ」

「さすがですよね。幹太さんは」

小萩の言葉に、お福の目はとろけそうになった。

景庵に行くと、お景もいそいそと現れて言った。

「ねぇ、すごいじゃないの。『寒い日には酒饅頭』を考えたのは幹太さんなんですって？　面白いことを思いつくって評判よ。さすが、二十一屋の跡取りさんだわ」

「幹太さんだけじゃないですよ。京扇屋の繁太郎さんと近江屋の栄次郎さんの三人で相談したんですよ」

「それにしたってよ。自分のところだけで独り占めしないで、菓子屋さんみんなで盛り上げようとしたところも偉いわ。私だったら、よそはだめってことにするわよ」

「そうはいきませんよ。酒饅頭はどこのお見世でもつくっていますから。それに幹太さんは菓子の売れない二月に酒饅頭が根付いたらうれしいって言っています。ほかの菓子屋さんも幸せになるのがいいんですよ」

「偉いわねぇ。私はそんな広い心は持てないわ」

そんな風に町の話題になり、株をあげた幹太だったが、しばらくすると酒饅頭は急に売れなくなった。

「材料屋が言っていたけど、伊勢松坂にお客が集まっているらしいぜ」

留助が噂を聞きつけてきた。

「なんだろうな。勝代がなんか仕掛けたのかな」

確かめてみようということになり、小萩と幹太で出かけて行った。

「あれかなぁ」

幹太が言った。

通りの手前からでも、見世の前ににぎやかに人が集まっているのが分かった。近づいてみると、客を呼び込む声が聞こえた。

「風邪の神送り　食べれば元気になる。揚げ饅頭、酒饅頭、汁粉」

白いひげをつけて杖《つえ》を持って、風邪の神に扮《ふん》した男が声を張り上げている。見世の脇には緋《ひ》もうせんを敷いた床几《しょうぎ》の並ぶ水茶屋のこしらえがあって、たくさんの客が入っている。

「熱々の揚げ饅頭、酒饅頭、お汁粉はいかがですかぁ。風邪の神を送りますよ」

赤い前掛けをした若い娘に声をかけられた。

緋もうせんに座って饅頭を食べて茶を飲んでいるのは男ばかりである。甘い物好きは女が多いのに、めずらしいことだと思ってよく見ると、男たちは娘を目で追い、熱心に話しかけている。

さすが勝代である。若くて顔立ちのいい娘ばかりを集めていた。

「鍵屋《かぎや》のお仙《せん》かぁ」

幹太がつぶやいた。

その昔、谷中に鍵屋という水茶屋があり、その看板娘のお仙が大人気になった。絵師、鈴木春信《すずきはるのぶ》は浮世絵に描き、戯作者の太田南畝《おおたなんぽ》はその愛らしさをほめた。たくさんの男たちがお仙を目当てに水茶屋に通った。

勝代はそれに倣《なら》うつもりなのか。

ちなみに、看板娘のお仙は突然、姿を消した。嫁に行ったのである。お仙目当てに茶屋に行っても、頭の禿《は》げた父親がいるばかりである。だれが言い出したのか「とんだ茶釜《ちゃがま》が薬缶《やかん》に化けた」という言葉が流行ったそうだ。

小萩の横を二人の男が通り過ぎた。

「明日の晩、吉原でにぎやかに風邪の神送りをするんだそうだ。ぜひ、見に来てね、約束よ、なあんて言われちまったよ」

目尻を下げて連れにしゃべっていた。

「吉原でも水茶屋を開くつもりなのかしら」

小萩がつぶやくと、幹太が言った。

「そうじゃないだろう。客集めに、派手な風邪の神送りをするんだよ。菓子屋で儲けて、吉原でまた稼ぐんだ」

牡丹堂に戻ると、ほどなく栄次郎と繁太郎が幹太をたずねてやって来た。二人は噂を聞いて伊勢松坂に行ったという。座敷にあがるなり言った。

「ねぇ、悔しいじゃないですか。伊勢松坂の番頭たちが勝った、勝ったって喜んでいるんですよ。なにに勝ったのかと思ったら、日本橋の菓子屋で自分たちが一番たくさん酒饅頭を売ったって言うんだ。いつの間にか、饅頭の売り上げを競うことになっている」

繁太郎は歯がみする。

「俺たちの顔を見たら、薄笑いを浮かべるんだ。日本橋中の菓子屋が束になってかかっても、伊勢松坂にはかなわない。ここが違うって」

栄次郎は自分の頭を指さした。

「何だよ、そんな話は聞いてねぇぞ」

幹太はさすがに嫌そうな顔になった。

小萩が運んだ茶を飲むと、栄次郎と繁太郎の話はさらに勢いづく。

「勝代さんは曙のれん会で若い俺たちに商いについてあれこれ指南してくれて、その一方でこの仕打ちをするわけですよ。ひどいと思いませんか」

「こうなると、俺たちは引き立て役だよ。あとから悠々《ゆうゆう》と登場して、全部をかっさらっていった。町の人たちはさすが伊勢松坂だ、やることが水際《みずぎわ》立《だ》っているなんて言っている」

「今から、挽回することはできないでしょうかねぇ」

「ちょっと待ってくれよ。俺たちが考えていたのは、お客が少なくなる二月に売れる品物を考えようってことだったんだよ。みんな一緒に、元気になろうってことだったじゃねぇか」

幹太がふたりを引き戻す。

「ですからね、もう、その段階は過ぎたんです。私たちは勝代さんにいいように使われてしまった。うちだって日本橋ではちょっとは知られた京扇屋なんですよ。このままってわけにはいきませんよ」

繁太郎が怒る。

「まったくだよ。親父にはお前がよけいなことをするから、俺は恥ずかしくって外を歩けなくなったなんて言われちまった」

栄次郎も頭を抱える。

「しかしなぁ。次の一手と言われてもなぁ。あちら様とは住む世界が違うからなぁ」

幹太はため息をつく。

勝代は吉原妓楼《ぎろう》の主《あるじ》という顔を持つ。一日千両の金が動くといわれる吉原だ。饅頭ひとついくらの商いをしている菓子屋の敵ではない。

「じゃあ、私たちは負けっぱなしってことですかねぇ」

「まったく、しょうがねぇなぁ」

最後は愚痴《ぐち》になって終わった。


繁太郎と栄次郎が帰って、小萩が井戸端で洗い物をしていると、幹太が出て来た。

「浮かない顔ねぇ」

「まあな。せっかくみんなで頑張って来たのにさ。伊勢松坂に全部持っていかれちまった」

「がっかりね」

「まぁ、うちは勝代って人を知っているから、さもありなんて感じだけど、繁太郎さんも栄次郎さんも最初の話をすっかり忘れて、勝った負けたって言い出したのがなぁ。そういうことじゃないんだよ」

「そうだよな。俺は、幹太さんの菓子屋全部でよくなろうって話を聞いた時は、さすがだって思ったよ」

伊佐が出て来て話に加わった。

「そうだよな。俺は間違っていないよ」

幹太の顔が明るくなった。

「ああ。少なくとも俺はそう思う」

「私も、幹太さんに加勢する。寒い日の酒饅頭はとびっきりおいしいもの」

小萩も続ける。

「伊勢松坂はたしかに商売上手だ。だけど、あの見世に来るのは江戸見物の人とか、新し物好きだろ。長く通っているお客さんは少ないんじゃないのか。牡丹堂とは違う道を行っている。菓子はその人の一生に寄り添うもんだ。昔からのお客さんがずっと通って来てくれるのが、いい菓子屋だって旦那さんに習ったよ」

子供が生まれたら内祝《うちいわ》い、初節句《はつぜっく》、七五三と続き、やがて嫁入り、婿取りとなる。人の一生の節目を彩るのが菓子だから、長くつきあってもらうことが大事だという。

「ああ、その話は、じいちゃんに繰り返し聞かされた。そうだな、二十一屋には二十一屋のやり方があるんだ」

幹太はうなずいた。

四

お福は話し上手の聞き上手である。今は室町の隠居所にいることが多くなったが、それでもあれこれと噂が耳に入るらしい。

小萩がいつものように荷物を届けに行くと言われた。

「あんた亀屋の大おかみの菓子をつくったんだって？　お気に召さなかったようじゃないか。いったい、どんな菓子をつくったんだい？」

「でも、私が持って行ったとき、おかみさんは喜んでくれましたよ。……あの、その話はどこから聞いたんですか？」

「亀屋の上の姉さんの喜代《きよ》さんだよ」

お元の小姑に当たる人だ。

「喜代さんは日本橋の笹屋《ささや》っていう質屋に嫁いでいて、牡丹堂はよく使ってもらっているんだ。この前、ばったり会ったらそんな話をしてくれた」

「笹屋のおかみさんは、亀屋の娘さんだったんですか。そうですか、お気に召さなかったんですか……」

菓子を届けたとき、なんとなく引っかかったのだ。注文したのはお元だから、その注文通りのものをつくった。

だが、卯祢が食べたかったのは五十鈴屋の金柑餅である。

雪の日にひとりで出てきてしまうほど、思い入れのある菓子なのである。違う菓子ではだめなのだ。

どうして、そのことを忘れてしまったのだろう。

小萩はそれまでのいきさつを説明した。

「まぁ、そうだねぇ。お嫁さんもよかれと思って言ったんだろうけどねぇ。それで、大おかみは、なんでそんなに五十鈴屋の金柑餅にこだわるんだい？」

「家の近所にあって、息子さんが小さいころからよく買いに行っていたそうです」

「それだけかい？　なんか、特別な思い出があるんじゃないのかい？」

「えっと……」

「なんだよ。小萩らしくないねぇ。そこをちゃんと聞いてくるのが、あんたの仕事じゃなかったのかい？」

言われてみればその通りだ。そこを紐解《ひもと》いていくから、小萩庵がある。

「わかりました。もう一度、亀屋さんに行ってみます。それで大おかみがなぜ、五十鈴屋の金柑餅にこだわるのか聞いてみます」

小萩は答えた。


小萩は神田の亀屋をたずねた。

出て来た手代に、菓子屋の小萩庵から来た者だがおかみに会いたいと伝えると、奥に案内された。

やって来たお元にたずねた。

「じつは先日の金柑餅のことですが、お気に召さなかったという話をうかがいました。それで心配になって来てしまいました」

「あれ、その話、どこから聞きました？」

形のよいお元の眉根が少し寄った。

「うちの大おかみです。たまたま、喜代様とお話をする機会があったそうで。大おかみはもう、あまり見世のほうには出て来ていないのですが、喜代様には以前からご贔屓《ひいき》を賜《たまわ》っていたそうで……」

お元は小さくため息をついた。

「せっかくつくっていただいたんですけれどね、これは金柑餅ではないってお姑さんは食べなかったんですよ」

「そうでしたか。卯祢様が食べたかったのは、やっぱり五十鈴屋の金柑餅。その味なんですね。なにか特別な思い出があるのでしょうか」

「私もそう思って主人にたずねましたが、子供のころからよく食べていたというだけで……」

お元は困った顔になった。

小萩が迷っていると、玄関のほうで訪《おとな》う声がした。女中がやって来て伝えた。

「喜代様と正代《まさよ》様がいらっしゃいました」

ぱたぱたと足音がして襖が開いた。

「ねぇ、おかあさんのことなんだけど。あら、お客様？」

喜代は早口でたずねた。鬢《びん》のあたりが白いが、背筋がぴんとのびた、はっきりとした顔立ちの五十がらみの女である。横にいるのは妹の正代。年は四十半ばか。

「いえね、この前の金柑のお菓子のことで、牡丹堂さんが心配をしてわざわざ来てくださったんですよ」

お元が答える。

「そうなのよ。正代とも話をしたんだけどね、また、あんな風にふらふら出歩かれたら困るでしょ。おっかさんには一度ちゃんと五十鈴屋の金柑餅を食べてもらってね。納得してもらうしかないんじゃないかと思って」

「まぁ、五十鈴屋さんはもうないわけだから、なるべく、それに似たものってことでね」

喜代と正代が口々に告げる。

「そうですねぇ。その方がいいですねぇ。今、牡丹堂さんに聞かれたんですけれど、五十鈴屋さんの金柑餅にはなにか特別な思い出があるんでしょうか」

「思い出ねぇ。なんかあったかしら」

「おっかさんは、好きでよく買ってきていたわよ。甘酸《あまず》っぱいのがいいのよって言ってたけど」

喜代と正代は首を傾げた。

「直接、おっかさんに聞いてみる？」

正代が言った。

「そうね。牡丹堂さんも、せっかくだから、おっかさんの顔を見ていってくださる？　お陰様であの後、風邪もひかず元気にしているのよ」

　四人で奥の部屋に向かった。

　庭に面した明るい座敷に卯祢は座ってうとうとしていた。脇には布団が敷いてある。

「おっかさん、牡丹堂さんが来てくださいましたよ。雪の日にお世話になった牡丹堂さんですよ」

　喜代に声をかけられて、卯祢はゆっくりと目を開けた。暖かい部屋の中で綿入れを着て、首には真綿を巻いている。

「まぁ、わざわざ遠いところ、お運びくださいまして申し訳ありません。先日のお菓子、大変、おいしくいただきました。ありがとうございます」

　ていねいに礼を言われた。よどみなく挨拶する声もはっきりして、目に力がある。

「喜代様に以前からご贔屓をいただいていたと、私どもの大おかみが申しておりました。こちらこそ、お引き立ていただきましてありがとうございます。大おかみは求肥餅がお好きなのですか？」

「求肥餅？　……ああ、そうだねぇ。お餅はいいよね。やわらかくて、あったかくてさ。寒天は好きじゃないんだよ。つるんとしているだろう。冷たい感じがする」

「そうですよねぇ。申し訳ありませんでした」

お元が謝る。

「でもね、おっかさん、お元さんはおっかさんのことを心配して寒天にしたのよ。お餅でのどを詰まらせちゃいけないって思って」

喜代が言う。

「お餅？　のどを詰まらせる？」

一瞬、何を言っているのか分からないという表情をする。先ほどは目に力があり言葉もしっかりしていたのに、今は生気《せいき》が抜けたようにぼんやりしている。

「だからぁ、のどに詰まったら危ないでしょ。息ができなくなる。死んじゃうかもしれない」

「私はもう、先が長くないから、いつお迎えが来るか分からないんだよ」

「そうやって、すぐお迎えが来るって言う人は元気なのよ。おとっつあんなんか、元気が自慢だったけど、五年も前に逝《い》ってしまったじゃないの」

「そう、そう。風邪ひとつひかない人だったのに、急に倒れて、大きないびきをかいて……それっきり。あっけなかったねぇ」

「おっかさんは風邪をひいても、すぐ治るじゃないの。おとっつあんがきっと、まだ来なくていいよって言っているんだわ」

喜代と正代がずけずけと言い、卯祢は笑う。

「それでね、今日は、おっかさんがなんで金柑餅が好きなのか、聞きたいと思ってこうやってみんなで来たのよ」

喜代がずいと膝を詰める。

「そうだねぇ」

卯祢は考え込む。そのまま眠ってしまいそうだ。

そのとき、主の周吉《しゅうきち》が顔を出した。末っ子の惣領《そうりょう》息子らしい、おだやかで人のよさそうな様子をしている。

「あれ、ねぇちゃんたち、何で来てんの？」

「何でって、ここはあたしたちの実家だよ」

「うん、まぁ、そうだけどさ」

「おっかさんがなんで金柑餅を食べたがったのかって話をしていたんだよ」

「……たまたまじゃねぇのか。求肥餅好きだしさ」

周吉はぼんのくぼに手をやった。

「あ、あんた、知っているね」

正代が鋭い声をあげる。

「そう、そう。周吉がぼんのくぼに手をやるときは何か都合の悪いことを隠しているんだ」

喜代がにやりと笑う。

「そうなんですか？」

すかさずお元が膝を乗り出した。

「そう。昔っからよ。覚えておきなさいね」

「いいじゃねぇか。そんなこと」

姉弟《あねおとうと》と嫁が集まって遠慮のない会話になった。

そのとき、卯祢がはっと目を開けた。空を見つめてつぶやく。

「周吉がね、戻って来るんだよ。今日、やっと」

「何言っているの。周吉はここにいるじゃないの」

「え」

首をかしげる。

「おふくろ、俺はここだよ」

「そうじゃないんだよ。戻って来るんだよ。病気が治ってね」

涙ぐむ。喜代も正代も驚いて見つめる。お元はなにがなんだか分からないという顔になり、小萩はみんなの顔を順ぐりに眺めるばかりだ。

卯祢はふらふらと立ち上がり、仏壇に向かう。ふるえる手で引き出しを開け、なにかを取り出そうとしている。どうやら巻紙らしい。

周吉がすばやく立ち上がった。

「おふくろ、なにをしているんだよ。転ぶからさ、座っていたほうがいいよ」

妙にやさしげな声である。なにごとか察した正代がはじかれたように立ち上がると、卯祢の手から巻紙を取り上げた。

「はあ、周吉、あんた、これを隠していたね」

「おい、ちょっと、姉ちゃん、やめてくれよ」

「いや、だからさ」

正代は大きな声で読み上げた。

『母上様　御許《おんもと》に　周吉』。なに、これ」

「なんでも、いいじゃねぇか」

顔を赤くして伸ばした周吉の手を払って正代が部屋の隅に逃げると、巻紙をはらりと開いて読み始めた。

『海よりも深い母の恩。母上、二十二年間、周吉を大切に育てていただいて、ありがとうございました。もう一度、お顔を拝見したいと思っておりましたが、その願いもかなわぬこととなりそうです。周吉はいよいよ、だめになりました。腹がちぎれる思いです。この文も、やっとの思いでしたためております』

「遺書じゃないの。いつ書いたの、こんなもの」

喜代がたずねた。

「母上って、なによ。気取っちゃって」と正代。

「そういう風に書くもんじゃねぇのか。おかあちゃんじゃあ、かっこつかねぇだろ。……だからさぁ、ずっと以前、俺がおやじの名代《みょうだい》で瀬戸《せと》に行ったことがあっただろう」

周吉はふてくされた様子でどっかりと座り込んだ。

「途中でお腹を壊して、行かれなかったときね」

「島田宿《しまだしゅく》だっけ。どうせ、あたしたちには言えないようなところで羽目をはずして遊んだんでしょ。そのツケよ」

「違うよ。宿で出た魚にあたったんだよ。熱が出て、腹をくだして五日も寝込んだんだ。それで体から力が抜けて起きられなくなってさ。立ち上がろうとすると、めまいがして心の臓がバクバクいうんだよ。医者はご両親に伝えたほうがいいって言ってさ。俺、本当にそのとき、死ぬのかと思ったんだ。それで、これを書いたんだ。おやじとおふくろに一通ずつ」

「そんなことがあったんですか」

お元がうなずく。

「あった、あった。早馬《はやうま》が来た時、だれかにコロリじゃないかって言われて、おとっつあんは真っ青になった」

「それから大騒ぎよ。医者を呼べっておとっつあんは叫んだけど、本人は島田宿なんだから、どうしようもないじゃないの」

「そのあと、この遺書が届いたのね」

「そういえば、おっかさん、夜、泣いていたわよ」

「それどころじゃないわよ。おっかさんは自分の命に代えてもって、お百度踏んだんだから。ちょうど、今頃だったわ。雪が降って寒いのにさ」

喜代と正代はあれこれと思い出している。

「あ、金柑餅のことが書いてある」

正代がはしゃいだ声をあげたので、小萩は身を乗り出した。

「『私が寝ている部屋からきれいな夕日が見えます。金柑のように黄色く、丸い夕日です。

母上は五十鈴屋の金柑餅がお好きでしたね。金柑餅をいただくときの、母上のやさしい顔が思い出されます。求肥が白くてやわらかくて、まるで母上のほっぺたのようでした』。

いやだ、まるで恋文じゃないの」

「堪忍《かんにん》してくれよ。やめてくれ、大昔の話じゃねぇか」

周吉は穴があったら入りたいというありさまで、額に汗をかいている。

『もう一度、母上と並んで、大好きなやわらかな金柑餅を食べたかった。それが唯一の心残りです。なんの親孝行もできず、先立つ不孝をお許しください』

「もう、いいだろ」

周吉はやっと正代の手から巻紙を取り戻した。

三人のやり取りを聞きながら、小萩は小さくうなずいた。そうか、だから卯祢は金柑餅を買いたかったのか。

「その息子が元気で帰ってくるって聞いた時のおっかさんの喜びようもなかったわね。あんなにうれしそうな顔、はじめて見たわ」

「それで、おっかさんは金柑餅を買いに出たのね。元気になって帰って来る周吉に食べさせたいと思ったわけね。……うらやましいわねぇ。そんなにおっかさんにかわいがられてさ」

喜代がしみじみとした言い方をした。

「末っ子長男だからね、あんたはなんでも特別だったわよ」

「今でも、お姑様と周吉さんは仲良しですよ。よくふたりで、お話をされています」

お元はにこにこ笑って答えた。

「そんなことねぇよ」

周吉は渋い顔になった。

卯祢は疲れたのか、眠そうな目をしていた。お元と喜代で寝床に寝かせると、すぐに静かな寝息を立てた。

小萩は弟の時太郎のことを思い出していた。お鶴と小萩という姉二人のいる末っ子長男、待望の跡取り息子である。

「母親になったから、おっかさんの気持ちがよく分かる。おっかさんはね、二度、あんたに会えたのよ。あんたが生まれたとき、病気が治って戻って来たとき。そりゃあ、うれしいわよ」

喜代が言い、正代とお元がうなずく。

しんみりとした気配が漂った。それぞれが自分の思いにひたり、火鉢にかけた鉄瓶がしゅんしゅんと湯気をあげる音だけが響いた。

そして周吉の遺書は卯祢の宝物となり、金柑餅の甘酸っぱさとともに心に深く刻まれた。だから金柑餅。五十鈴屋の求肥餅でなくてはいけなかったのだ。

「あの……」

「あら、牡丹堂さん、すみませんねぇ。すっかり内輪の話につき合わせて」

喜代がはじめて気がついたように小萩の顔を見た。

「いえ、こちらこそ。なんだか、帰るときを失ってしまって」

「まぁ、そうよねぇ。でも、説明する手間が省けたわ。で、どうするの？　金柑餅」

喜代がたずねる。

「お願いしてください。求肥餅で。数は十個」

お元が答えた。

「二十にして。私たちもいただかせてもらうから」

正代がちゃっかりと言い、お元が笑う。

「はい。白くてやわらかくて、口の中でとろけるような求肥の金柑餅をご用意いたします」

小萩は答えた。

吉原の風邪の神送りは牡丹堂からはだれも見に行かなかったが、話は伝わってきた。大きな張りぼての風邪の神をのせた山車《だし》が出て、花魁《おいらん》たちがそれを引いて吉原の中を練り歩き、二階の部屋にいるお客や遊女たちは風邪の神めがけて紙つぶてを投げた。それはにぎやかだったそうだ。

驚いたことに、風邪の神送りが終わると、伊勢松坂の見世の前の水茶屋もきれいに取り払われてしまった。水茶屋の娘を目当てにやって来たお客たちは、あてがはずれてがっかりしていたそうだ。

すべては風邪の神送りという行事のための仕掛けだった。跡形《あとかた》もなく消えてしまうから、より一層、強く心に残るのかもしれない。吉原の水で育った勝代らしいやり方だった。

幹太はまだ「寒い日には酒饅頭」と書いたのぼりをあげている。

「売れますかぁ。うちは手間ばっかりかかるからやめましたよ」

繁太郎が来て言った。ほかの見世もやめてしまったらしい。

「いいんだよ、うちは酒饅頭の売った数を競争をしているわけじゃないんだから。俺がちょっと早起きすれば、なんてことはないんだ。お客さんが喜んでくれるからさ。励みになるんだよ」

幹太は言った。

「そうやって意地を通しているんだな。面白いじゃねぇか。江戸っ子はそうでなくちゃな」

話を伝え聞いた弥兵衛が笑った。

小萩は亀屋に金柑餅を届けた。上等の羽二重粉《はぶたえこ》を使い、舌の上でとろけるようにやわらかい、白い求肥餅の中に、蜜漬けした甘酸っぱい金柑を入れている。寒天液につけて、汁気がでないようにひと手間かけたものだ。

「まあ、白くてやわらかくて、赤ん坊のほっぺたのようなお餅ねぇ」

お元は目を細めた。さっそく卯祢のところに持って行った。周吉もやって来た。

「牡丹堂さんが、お姑さんのところに金柑餅を持って来てくださいましたよ」

楊枝《ようじ》でちぎり、口に運ぶ。ゆっくりと口の中でねぶった。金柑を口に含むと、目が細くなった。

「ああ、おいしいねぇ」

「よかったですねぇ」

お元が笑みを浮かべる。

「今日、周吉が戻って来るんだよ」

「俺はここにいるよ」

卯祢は周吉の顔をじっと見つめ、安心したようにうなずいた。

「そうだね。あんたは、ここにいる」

「ああ。ずっとお袋の傍にいるからさ」

周吉は卯祢の手を取った。その手を卯祢はしっかりと握った。

亀屋を辞去して外に出ると、粉雪が舞っていた。さらさらと小萩の肩や腕に落ちてすぐに消えた。外は寒いのに、心は温かかった。

娘から母に贈る祝い菓子

一

裏庭の梅が一輪咲いた。少しずつ春が近づいてくる。

仕事場の片隅で、伊勢松坂の紅色に取り組んでいた伊佐がつぶやいた。

「できた」

そのつぶやきは、あんを煉っていた徹次の耳に届いた。

「できたか」

「はい」

伊佐の答える声が少し震えていた。

「そうだな。この色だ。よくやったな」

徹次が言って、幹太と留助、清吉、小萩も集まって来た。

「ああ、そうだなぁ。この色だよ。思い出す。以前、伊勢松坂の見世に並んでいたよ」

幹太が声をあげる。

淡い紅色だった。かわいらしく、品がよく、華やかで、しかも江戸っ子好みの軽さがあった。京とは違う、江戸の紅色だ。

どこかぼんやりと、とりとめなく感じていた小萩だったが、その紅色を見て、はっきりと分かった。これが、伊佐の求めていた色だ。

伊佐は、あの鎌倉の日からずっとこの色を指先で求め続けていたのだ。忍耐のいる、心をすり減らす仕事だったに違いない。

「しかし偉いよなぁ、伊佐は。俺だったら、ぜったい途中で音《ね》を上げちまうよ」

留助が正直な思いを告げる。

「なんだ、それは。最初から投げるな」

徹次がたしなめる。

「型に入れて菓子に仕上げます。できあがったら、松兵衛さんのところに送りたいんだけど、いいでしょうか」

「ああ、もちろんんだ。見せてやれ。きっと喜ぶ」

さっそく伊佐は梅の木型を取り出して仕事にかかった。

小萩庵に新しいお客が来た。神田のそば屋、梅本屋《うめもとや》の奉公人でおりんと名乗った。

「来月が祝言なんです。相手はお隣の赤堀屋《あかほりや》さんという七味唐辛子の見世の人です」

「まぁ、おめでとうございます。おそばと七味唐辛子では相性がいいですねぇ」

小萩が言うと、おりんの目が三日月になった。年は十七。丸くふっくらとした頰のかわいらしい娘である。おりんは背筋をすっと伸ばし、きちんと膝に手を置いて座っていた。お仕着せの粗末な着物だが、どことなく品の良さが漂う。

「赤堀屋さんの七味唐辛子は山椒や陳皮《ちんぴ》もはいって、味も香りもいいんですよ。遠くから買いに来る人がいるんです。梅本屋のそばはこしがあって、つゆの味がしっかりしている。おっしゃる通り、いい相性なんです」

頰を染めた。いい相性とは、自分と夫になる人のことを重ねているのだろう。

亭主になる男は七味唐辛子屋の奉公人かと思ったら、見世の倅《せがれ》だという。

「まぁ、ますますおめでとうございます。いいご縁ですね」

「はい。みなさまから、玉の輿《こし》だと言われました。それはつまり一生懸命、励むようにということだそうです」

おりんの口元がきゅっとしまった。

「お客様の働きぶりが認められたということですか？」

言ってからしまったと思った。

普通、こういう場合は器量を見初《みそ》められてというべきではないのか。おりんは年相応のかわいらしさがあるが、美人顔ではない。

おりんは明るく笑った。

「みなさん、そうおっしゃいます。でもね、ここだけの話なんですけれど、隼太郎《しゅんたろう》さんが、あ、つまり、一緒になる人なんですけれど、私を気にいってくださったんです。それから、赤堀屋のご主人がうちの見世の主に話を持ってきてくれて。それからは、あっという間に決まりました。私の働きぶりを見てくださっていたのは、赤堀屋のご主人のほうです」

「じゃあ、隼太郎さんはお見世によくいらしていたんですか？」

「ええ。毎日のように。私は最初、隼太郎さんのことを赤堀屋の手代さんだと思っていたんです。着ているものもほかの奉公人さんと同じように質素だったし。こんなにしょっちゅう、おそばを食べにくるなんて、よっぽどおそばが好きなんだろうなって。あとで、いっしょに働いているお姉さんたちに言われました。いくら隣だって、奉公人の給金で毎回そばを食べにこられるわけはないだろう。奉公人は見世のまかないを食べるんだよって」

また、頰を染めた。つまり、隼太郎はおりんに会いたくてそばを食べにきていたということか。

「私は去年の夏まで、裏のほうで朝からずっと洗い物と掃除をしていたんです。だから、お隣にどんな人がいるかなんて、全然知らなかったんです」

「でも、お隣の若旦那だって知っていたらこちらが遠慮してしまいますよね。毎日、お見世に来ていただいて、少しずつ言葉を交わすようになったんですか？」

恋の話は気になるものだ。小萩はつい、あれこれとたずねてしまう。須美が茶と羊羹を運んで来た。香ばしいほうじ茶と甘い羊羹を口にすると、おりんの口はさらになめらかになった。

「隼太郎さんはさっと来て、おそばを食べると、またさっと帰ってしまいます。私のほうは、見世には入れ替わり、立ち替わりお客さんがいらっしゃるからとても忙しい。それに、殿方とはむやみに話をしないようにしているんです。母から、そのように教わりました」

突然おりんは座り直すと、大きな声で唱えた。

「七つ、戸外で婦人《おんな》と言葉を交えてはなりませぬ」

「それ、なんですか？」

「会津《あいづ》の教えなんです。婦人のところを、女の人は殿方《おとこ》と言い換えます。一から七まであって、日々の暮らしで守るべきことがまとめられているんです。母は若いころ、会津の旗《はた》本家《もと》に行儀見習いに行っていたことがあって、そこでこの教えを習ったそうです。今、母は人形町《にんぎょうちょう》で手習い指南所《しなんじょ》の師匠をしています。やって来る子供たちにも、伝えています」

「隼太郎さんはおそばを食べるとすぐ帰ってしまう。お客様は忙しくしているし、話しかけたりしない。……それじゃあ、お二人はどうやって親しくなったんですか？」

小萩がたずねた。

おりんの頬がさらに赤くなった。

「母は漬物が得意なんです。とくに小なすを塩と湯の花だけで、きれいな紫色に仕上げるのがうまいんです。試しに、梅本屋でもつくってみたら喜ばれて、それをお見世でも出しました。隼太郎さんがおいしいって喜んで、自分でもつくりたいっておっしゃって」

「ご自分で？」

「そうなんです。殿方なのに、めずらしいでしょう。きんぴらごぼうとか、お味噌汁とか、いろいろつくって七味唐辛子と合わせてみているんです。それで私がつくり方をお教えすることになり……、それから、なんとなく……」

「なすの漬物が取り持つ縁だったんですね」

おりんは小さくうなずいた。その様子がとてもかわいらしかった。

「母がつないでくれた縁だと思います。……母は私の誇りです。父が亡くなったあと、女手一つで私を育ててくれたんです」

おりんの母はするゑという。会津の商家の生まれで、娘時代には同郷の旗本家に行儀見習いに行っていた。そこで行儀作法や家事全般を身につけ、縁あって人形町で指南所をしていた男のもとに嫁いだ。

「父が亡くなったのが七年前。私は十歳でした。母が指南所を引き継いで暮らしを立てることにしました。母は字も上手ですし、和歌も詠めます。父の指南所を手伝っていたので、そのまま続けられると思っていました。でも、違ったんです。始めてみると、子供の数が半分に減ってしまいました。女のお師匠さんでは頼りないとか、いろいろ言われて」

困ったするゑは、自分でも子供たちを教えられると示すことが大事だと考えた。

「まず、自分で書いた習字のお手本を外に貼り出しました。読みやすい楷書《かいしょ》で書いたものです。商家に奉公に行くなら、草書《そうしょ》より楷書の方が喜ばれるんです。お手本も男の子用の往来物だけでなく、女の子用に新しいものをつくりました。そうやっているうちに、少しずつ、また、子供たちが集まるようになりました」

「賢いお母様ですねぇ」

「母はまっすぐで自分に厳しい人です。決まった束脩《そくしゅう》（礼金）のほかは、何も受け取りませんでした。中には束脩を払えないお子さんもいたんですけれど、母はそうした子供たちは後ろの席で手習いをさせました。奉公に出ても、そろばんの珠《たま》の入れ方を知っていたり、自分の名前が書けるのと、そうでないのとでは全然違いますから。でも、そうやって指南所がうまく回り出すと、また、別の困りごとが起こりました。女一人だと甘く見る殿方がいるんです。夜遅くやって来て、いつまでも帰らない人とか……。女の人は殿方に隙を見せたらだめなんです。付け込まれますから。それに、そういうよくない噂が流れると、おかみさんたちにそっぽを向かれます。母が会津の約束を熱心に言い出したのは、そのころからです」

一つ　年長者《としうえのひと》の言ふことに背《そむ》いてはなりませぬ
二つ　年長者には御辞儀をしなければなりませぬ
三つ　虚言《うそ》をいふ事はなりませぬ
四つ　卑怯《ひきよう》な振舞をしてはなりませぬ
五つ　弱い者をいぢめてはなりませぬ
六つ　戸外で物を食べてはなりませぬ
七つ　戸外で婦人《おんな》と言葉を交えてはなりませぬ
ならぬことはならぬものです。

「この約束はおかみさんたちにとても喜ばれました。子供たちの行儀がよくなったそうです。殿方には堅すぎる、窮屈《きゅうくつ》だって文句を言われましたけれど」

おりんはくすりと笑う。会津の約束を言い出してから、よからぬ下心を持って近寄ってくる男はいなくなった。

「母は私にはとりわけ厳しかったんです。生徒さんたちの範となるべきだと言われて。いつ、だれが見ているか分からないでしょう。お祭りに行ってお菓子を買っても、私だけは食べられないんです。おいしそうに食べている友達がうらやましかった。朝はどんなに眠くても、ぱっと寝床から出なくてはいけないとか、脱いだ着物はきちんとたたむとか。ふだん、だらしなくしていると、ふとした時に、それが出てしまうからいけないと。朝起きてから眠るまで、いろいろと言われるんです。子供のころは、それが窮屈で嫌でしたけれど、今は感謝しています。奉公に出てからそれが役に立ちました。辛くないんです」

「偉いですねぇ。私は、思ってもなかなかできません」

小萩は我が身を振り返ってため息をついた。

伊佐がとてもきちんとしているのは、他人の家で育ったからか、もともとの性格なのか。

「梅本屋さんでも、私のことを信頼してくれたんです。だから、赤堀屋さんから嫁にという話が出たとき、梅本屋のご主人もおかみさんもとても喜んで、太鼓判《たいこばん》を押してくれたんです。今までの私の働きぶりを見てくれていたんだなと、うれしくなりました」

「いいお話ですね。私も聞いていてうれしくなります」

新しい茶を勧めながら、小萩は言った。おりんは目を輝かせて母親のことを語った。

「母は私にだけ厳しかったわけじゃないんですよ。一番厳しいのは自分自身にです。着るものは三枚だけ。特別な日のためのよそ行きの着物が一枚。あとの二枚は夏は単衣《ひとえ》に、冬は綿を入れて交代で着ます。食べ物も朝はめざしと漬物、汁。昼も夜も同じよう。手が空《す》くと手本を読んだり、なにか書いたりして過ごします。指南所に来るお子さんも年々増えて、今では、もう、そんなに暮らしを切り詰めなくてもいいのですけれど、昔ながらの暮らしを守っています。私の嫁入り道具も必要だからって……」

言葉が途切れた。顔をあげると、おりんの目が潤《うる》んでいた。

「母は私の誇りです。母は常々、自分の最後の役割は私を嫁にやることだと言っていました。それが自分に残された仕事であると。おかげ様で、赤堀屋さんに嫁ぐことが決まりました。母は、これで亡くなった父にも胸を張って会えると喜んでいます。女手一つでたいへんな苦労をしながら育ててくれた母へ、感謝の気持ちをこめて菓子を贈りたいのです。ふさわしい菓子をつくっていただけないでしょうか」

「もちろんです。お客様のまっすぐな気持ちにふさわしい、お母様の生き方にふさわしいお菓子をつくらせていただきたいと思います」

「よろしくお願いいたします」

そう言ったおりんの目から涙があふれ、膝においた手の上にぽたりと落ちた。

「すみません。なんだか、胸がいっぱいになってしまって」

涙は止まらなかった。


おりんを見送って井戸端に来ると、留助と伊佐、幹太が集まっていた。

「おはぎ、留助さん家《ち》の赤ん坊を見に行かないか？」

「おお、見てくれよ。かわいくなったんだぞぉ」

「前からかわいかったんでしょ」

「もちろんだよ。そんで、毎日、毎日、かわいくなるんだ。もう、この先、どうなるか、おそろしいよ」

留助はおどけて、ぶるぶると震えてみせた。

子供が生まれてから留助は変わった。煙草を止めた。無駄遣いを止めた。仕事が終わると、すぐ帰る。今までは茶を飲んだりして、だらだらと時を過ごしていたのに。

片づけをすませて、みんなで留助の住む長屋に向かった。

「お座りができるようになったんだろ」

伊佐が言う。

「そうだよ。前はねぇ、ころんと後ろにひっくり返ったのに、今はぺたんとお尻を落として座るんだ」

「早いなぁ。この前、寝返りができるようになったって言っていたのになぁ」

「寝返りなんか、とっくだよ。ハイハイもできるんだ」

「今、何か月？」

「七月《ななつき》だよ。顔はさ、お滝《たき》に似てるんだ。いい男になるな」

声がはずんでいる。

「俺は自分の名前が嫌いだったんだよ。『留助』だなんて、いかにも余りもんって感じじゃねぇか。子供はもういらないけど、産まれちまったからしょうがないみたいなさぁ」

留助は文句を言った。

「そんなことないわよ。留助だっていい名前よ。ちゃんと腰を据えた感じがする」

「小萩はいつもいいことを言ってくれるよなぁ。まぁ、そんなわけで、俺は息子には『空』の字をつけたんだ。広い空みたいに大きな人間になってほしいからさ。空助《そらすけ》、いい名だろう」

長屋の近くまで行くと、元気のいい赤ん坊の泣き声が聞こえた。

「空助また、泣いてるよ。俺が近くまで戻って来ると分かるんだな」

長屋の戸が開いて空助を背負ったお滝が出てきた。

「あれ、早かったねぇ。空坊が泣いたから、どうかと思ったんだけどね。おやおや、みなさんもおそろいで」

「うん。うちの大事な空助を見てもらいたくってさ。お誘いしたんだよ。ほら、空助、みなさんにご挨拶しなさい」

留助が空助を抱くと、大泣きしていた空助はまつげに涙を浮かべたまま、大きな口を開けて笑った。小さな白い歯が見えた。

「まぁ、なんにもお構いできませんけれど、どうぞ、お入りくださいな」

お滝に誘われて部屋に入る。

土間を入れて六畳の長屋の一間である。部屋の隅に畳んだ布団を枕屏風《まくらびょうぶ》で隠している。

五人入るといっぱいになった。

空助は元気な子供で、留助の腕の中で少しも落ち着いていなかった。たえず体を揺すり、手足を動かしている。

「お、座りたいのか」

留助が空助をおろすと、むつきをした丸いお尻を畳にぺたんと落として座った。

「上手、上手」

小萩がほめた。

「こういうの、うちの田舎じゃ、えんこ座りって言うんだぜ」

空助は手をぱたぱたとたたいて喜んでいる。

「な、俺は空助の言葉が分かるんだ。そこいくと、お滝はまだまだだな」

留助は得意そうに言う。

「はい、はい。そうでございます。おとっつあんにはかないません」

茶を勧めながら、お滝はおどけた。

小萩たちが茶を飲んでいる間も、留助はずっと空助をかまっている。空助もけらけらと声をあげて笑う。

「留助さんは家にいるときは、いつもこんな調子なのか？」

少し呆れたように幹太がたずねた。

「だいたいね。この人が空坊の相手をしてくれるから、あたしは大助かりよ。ハイハイをはじめたから、目が離せないのよ」

笑ったお滝のあごは少し丸くなっていた。空助が生まれるまで手放せなかった煙草をやめた。酒も飲まない。綿のはいったちゃんちゃんこの似合う母親の顔をしていた。

お滝は自分で漬けたというかぶと青菜の漬物を出してきた。いい具合に漬かっている。塩の加減がちょうどいい。かぶはしっとりとやわらかく、青菜はしゃきしゃきしていた。

何気ない様子でお滝がたずねた。

「そういえば、お宅もそろそろじゃないの？」

小萩たちは自分たちの話かと思ったが、お滝の視線は幹太に向いている。

「え、俺？」

「やあだぁ、違うわよ、幹太さんはまだまだでしょ。そうじゃなくて、親方たち。須美さんとはどうなの？」

「あ、お前、急に何を言い出すんだよ」

留助があわてた。

「親方たちって……、須美さんと？」

小萩がたずねた。

「違うの？」

「えっとぉ。うん。まぁ、そうだなぁ」

幹太は言葉に詰まる。

言われてみれば、たしかに徹次と須美はいい感じである。口の重い徹次だが、須美の前では割合よくしゃべる。そして笑う。気持ちが通じているらしい。年恰好《としかっこう》も悪くない。すらりとした須美とがっしりとした徹次が並んでいる姿は、似合いである。

「うん、そういうのも、ありだな」

幹太が答える。

「ね、そうしたら、幹太さんに年の離れた弟ができちゃうかもしれないじゃない」

お滝があっけらかんと言う。

「お前、藪から棒に。それは失礼だよ。幹太さんが困っているじゃないか」

留助が顔を赤くして止めた。

「そうだなぁ。そういうこともあるのか」

幹太がつぶやく。

「ない、ない、そんなこと、ないよ」

留助が答える。

「考えたこと、なかったわ」

「そうだなぁ」

器量良しの須美は望まれて大きな仏壇屋に嫁に行ったが、姑と折り合いが悪く、母親のいいなりだった亭主ともうまくいかなくなって離縁されてしまった。九歳になる息子は、仏壇屋の跡取りとして育てられて、須美は会うこともできない。

「……いや、俺はあっても、かまわねぇけど。いっしょになるっていうのは、そういうことだから」と幹太。少し口がとがっている。

「若おかみさんが亡くなってもうずいぶん経つでしょう。親方だってまだまだ、若いんだもの。これから、ずっとこのまま一人じゃ、お気の毒よ。いずれ幹太さんもお嫁さんをもらうんでしょうし。どなたか近くにいる方がいた方が安心でしょ」

「お袋が死んだとき俺は六つだったから……、今年が十三回忌になるのか」

幹太が指を折って数えた。

徹次は遊びに出かけることも好まない。いつも菓子のことを考えている。そういう職人肌だから、その暮らしをずっと続けていくのだと、なんとなく小萩は考えていたのだが。

「こういうことは、近くにいる人は案外気づかないものだからねぇ」

お滝はにっこりと笑った。

伊佐と長屋に戻る帰り道、小萩は前を歩く伊佐の背中に言った。

「ねぇ、お滝さんにはびっくりだったわ。あんなこと、言うとは思わなかったもの」

「親方と須美さんのことか。そうだな。近くにいると気づかないことってあるもんだよ。

……だけど幹太さんはちょっと困っていたな」

「そうよね。年の離れた弟ができるなんて、考えてもいなかったでしょうね」

かまわないと口では言いながら、幹太の表情は冴えなかった。

「もう、十二年か」

幹太の母親であり、徹次の妻であるお葉が風邪をこじらせて亡くなったのは十二年前。

「一つの区切りってことか」

伊佐がつぶやく。

「だけど、子供からしたらそんなに簡単には割り切れないわよね。幹太さんにとっては、お葉さんはたった一人のおっかさんですもの。もしも、もしもよ、親方が須美さんといっしょになったら、やっぱり、あの家に住むのかしら」

「……そうじゃないのか」

「それは嫌よね。子供の立場としたら」

「そうか？」

「だって、あの家は亡くなったお葉さんの思い出が詰まっているし、自分が育った場所でしょ。そこに違う人が来て、我が物顔をされるんだもの。子供ができたらとくに。幹太さんが帰る場所ではなくなるわ」

「須美さんでもか」

「そうね。須美さんのことは好きよ。いい人だと思うけど、それとこれとは違うもの。伊佐さんは平気なの？」

「それは、親方と須美さんが決めることじゃないのかな。まわりがとやかく言うことじゃないよ」

「そうだけどね」

小萩は答えた。

須美と親方がうまくいってほしいと思う。その一方で、それはやっぱりちょっとと思う。理屈に合わないことだと分かっているが、やはり割り切れないのだ。小萩でさえそうなのだから、幹太はもっと困ってしまうだろう。

二

大きな悲鳴とともに、がらがらという音がした。

午後のことで、日本橋の大通りはいつものように行き交う人や駕籠でにぎわっている。騒ぎに人が集まって来た。

「なんだ、馬が暴れているのか」

前を歩いていた徹次がつぶやく。

小萩は背伸びして様子を見た。通りの先に黒い馬が見えた。馬は頭をふりあげ、激しく地面を蹴《け》っていた。馬にまたがった若い男が手綱《たづな》をひいて何か叫んでいた。

荷車をひく、やせた馬ではない。毛並みのいい、大きな立派な黒い馬だった。若者は侍のように見えた。長いたてがみを揺らし、馬は何度も大きく頭《かぶり》を振る。若い男は振り落とされないようにつかまっているのがやっとだ。

叫び声があがり、馬を押さえようと人が集まって来た。怒鳴《どな》り、手にした棒で打《ぶ》つ者もいる。

馬はますます猛《たけ》り、後ろ足で立ち上がる。ついに男が振り落とされた。馬は走り出した。

人々は先を争うように逃げ出した。

逃げ遅れた男の子がいた。

五歳ぐらいか。

恐ろしさに声も出ないのか。黙って道の真ん中に突っ立っている。

「千太郎《せんたろう》を。だれか、だれか」

母親が叫ぶ。つんのめるようにして駆け出して行こうとするのを、そばにいた男が引き留めた。黒い馬はもう、目の前だ。

突然、黒い人影が飛び出した。男の子を抱くと、そのまま横に転がった。その直後、黒い馬は二人の脇を駆け抜けて行った。

人影は徹次だった。とっさに飛び出して男の子を助けたのだ。母親が泣きながら駆け寄った。男の子を抱いて徹次に頭を下げている。

周囲の人々がいっせいに声をあげて近づいてきた。

「よくやった」「すごいぞ、すごい胆力だ」「危なかったなぁ」

たちまち徹次と母子は人々に取り巻かれた。


とっさのことで徹次は足をひねったらしい。少し足を引きずりながら小萩とともに牡丹堂に戻った。幹太や留助、伊佐、須美に清吉が待っていた。

「聞いたよ、おやじ。すごかったんだってなぁ」

「なんだ、もう、聞いているのか」

「お馴染みさんが一部始終を見ていて、すぐ、教えに来てくれたんですよ」

「明日は瓦版《かわらばん》が出るね。菓子屋の主、暴れ馬から両替屋の息子を助ける」

「両替屋の息子だったのか」

「そうですって、泉屋さんの一人息子さん」

「そんなことまで、知れ渡っているのか」

徹次は呆れたように言った。両替屋の泉屋と言えば、日本橋では知られた見世である。

「それよりも、親方、足を引きずっていますけれど、どうかしたんですか」

須美が心配そうにたずねた。

「ああ、うん。ちょいとひねったみたいなんだ」

「嫌だ、見せてくださいよ。このあたりですか」

空き樽に腰をかけた徹次の足首に須美が触れた。徹次は顔をゆがめる。足袋を脱がせると、赤くはれていた。曲げるのも痛そうである。

「骨が折れているんじゃないですか？」

「いや、それはない。少しひねっただけだ」

「足首は長引きますよ。お医者様に診ていただいたほうがいいですよ」

「なあに、たいしたことはないさ」

須美と徹次の問答が続く。なんとなく居づらくなって小萩は見世に戻った。幹太が続いてやって来た。

「お滝さんの言ってたことさぁ。ちゃんと考えなくちゃいけないよな」

ぽつりとつぶやいた。

半時ほどして泉屋の大旦那と若旦那、番頭がやって来た。三人は何度も礼を言い、金包みを取り出した。徹次は当然のことをしたまでだと断る。そうはいかない、受け取っていただかなくてはと押し問答が繰り返され、結局、徹次はお見舞い金として受け取り、さらにたくさんの菓子の注文をもらった。

翌日になると、徹次の足首は紫色にはれあがり、痛みはさらにひどくなった。近所の医者に診せると、骨にひびが入っているかもしれないから、しばらく仕事は休んだ方がいいと言われた。

「冗談じゃねぇ」

徹次は怒る。しかし、立っているのもつらいくらいで、仕方なく空き樽に腰をおろして仕事をすることにした。動けなくなった徹次のために、須美は今まで以上に気を配り、さりげなく世話を焼く。

「やっぱりねぇ」

小萩は思った。

ちらりと留助の方に目をやると、留助も「やっぱりなぁ」という顔をしている。そういうことには頓着《とんちゃく》のない伊佐も「そうなんだな」と思うらしい。幹太だけは素知らぬ様子でいた。


小萩が井戸端で鍋を洗っていると、留助がやって来た。

「泉屋の嫁さんってのは、隣のめし屋で働いていた人なんだってさ。若旦那が食べに行って見初めたそうだ。やっぱり、きれいな人だったか？」

「どうだったかしら。覚えてないわ。それに、あのときは息子を抱いて泣いていたから、きれいもなにも、なかったわよ」

「そうかぁ。近所でも評判の美人さんでね、泉屋じゃあ、それなりの家の人を嫁さんにしたいと思っていたけど、若旦那がどうしてもって頑張ったんだってさ」

「まぁたぁ、そんなお芝居みたいな話」

「分かってないなぁ。本当にそういう話があるから、芝居になるんだよ。そんでね」

留助は身を乗り出した。

「あの人自身はいいんだけどね、問題は兄貴なんだよ。けんかっ早くて近所の鼻つまみだったんだってさ」

「お兄さんがどんな人でも、その人がいい人なら、いいじゃないの」

「そうはいかねぇよ。両替屋だもの。堅い商いだ。親類縁者もまっとうな人でないとな。たとえばさ、突然、ずっと行方が分からなかった兄貴が現れて、妹に言うんだ。『今晩中に金を用意してくれ。それができなかったら、俺は半殺しにされるんだ』。困った妹は、こっそり亭主に内緒の金を取り出す。……それが手始めなんだ。一度でも金を渡すと、今度はそれを種に揺すられる。あいつらの手口だ」

留助は見てきたように言う。ますます芝居じみてきた。

「もう、やめてくださいよ。どこでそんな話が広がっているのよ」

「まぁ、髪結床《かみゆいどこ》あたりだな。世間の人ってのは暇なんだ。それにちょっとやっかみもある。他人がいい目をみるのが悔しいんだよ」

「そうしたらね、たとえば、そば屋の娘が隣の七味唐辛子屋の若旦那に見初められたりしたら、やっぱり噂になるかしら」

おりんのことを思い出してたずねた。

「この前小萩庵に来たお客さんか？　きっと、あれこれ言われているよ。同輩からはいじめられているかもしれない。『あんただけ、ずるいわ。一体、どんな手を使って、若旦那に近づいたの？』なんてさ」

留助は声色《こわいろ》を変えてむふふと笑う。小萩は留助を無視して鍋を洗った。他人の戯言《ざれごと》など気にしなければいいのだが、耳に入ればいい気持ちはしない。それが人情というものだ。


台所に行くと、須美が困った顔をして言った。

「申し訳ないけれど、親方の湿布薬《しっぷやく》、私の代わりに取りに行ってもらえないかしら」

「もちろんいいですよ」

「ありがとう。忙しいのにすみません」

須美は頭を下げた。

医院は混んでいて、廊下には診察を待つ男女が何人も座っていた。打ち身やねんざは治りにくいから、毎日のように来て顔見知りになっているのではあるまいか。ぺちゃくちゃとおしゃべりをしている。

小萩が順番を待っていると、いつも来ているらしい男に声をかけられた。

「今日は、あの背のすらっとした人じゃないんだね」

「ええ。ちょっと手が離せないんです」

女がたずねた。

「あんた、牡丹堂の人だよね。いつも来る、あのきれいな人は親方のいい人だよねぇ」

「はぁ？」

いきなり何を言うのか。

「いい人だなんて失礼だよ。おかみさんって言いなよ」

近くの女がたしなめる。

「須美さんのことですか？　いい人なんかじゃ、ありません。おかみさんでもないです。見世で働いている人です」

小萩は誤解がないように、はっきりと答えた。須美が医院に来るのを嫌がる気持ちがよく分かった。

思ったような答えが返ってこなかったからか、別の年寄りの女が重ねてたずねる。

「だけどさぁ、もうじき、おかみさんになる人だよねぇ。台所とか、やっているって言ってたよ」

「そうだよ。このあたりじゃ、みんな、そう噂をしているよ」

このあたりとは、どのあたりのことだ。医院の細い廊下のことか。

「ですから、そういうことはなくて」

「おかみさんが亡くなってから、何年経つ？　十年は過ぎたよねぇ」

「あの親方は奉公人あがりの入り婿だからぇ、気兼ねしてなかなか自分からは言い出せないよ」

「だけど、先代はもう隠居所に引っ込んでいるんだろ。もう、かまわないよ、好きにしていいよってことじゃないのかい？」

「いえ、隠居所に行ったのは全然別の理由で……」

「じゃあ、どういう意味だよ。もう、自分たちの出番は終わったんだ。あとは、お前たちに任せたよってことだよねぇ」

「そうだよ。隠居するってことは、そういうもんだ」

口々に言い出して収拾がつかなくなりそうになった。

「ともかく、須美さんは私と同じく雇われ人です。おかみさんになるというような話は出ていないので、勝手な噂をしないでください」

小萩が少し強い調子で言うと、老人たちは口をつぐみ、お互いの顔を見合わせている。

そんなことを言ってもさぁ……という心の声が聞こえてきた。

牡丹堂に戻ると、須美が台所で夕餉の支度をしていた。

「湿布薬、受け取ってきたから、ここに置いときますね」

「ありがとう。ごめんなさいね、忙しいのに」

芋の皮をむきながら、須美が答えた。

医院で聞いたあれこれが胸にあった。なにか一言伝えようかと思ったけれど、余計なことだと思いなおした。そのまま仕事場に戻ろうとしたとき、須美がつぶやいた。

「いろいろ言われたかもしれないけど……。私にはそんな気持ちはないのよ」

「はい……」

「私はね、この家の使用人でしょ。それなのに、世間であれこれ噂をされてしまって。親方に申し訳ないと思っているんです」

背中が思いを伝えている。

「医院でお年寄りが話していること？」

「そう。あの人たちは毎日、あそこでああやって暇をつぶしているのよ。膝が痛い、腰が痛いって言いながら毎日やって来て、近所の噂話に花を咲かせているの。私のことも面白おかしく……」

「失礼よね」

「悲しいわ」

「でも、そういうのは気にしないほうがいいと思います。あの……、私たち……、伊佐さんとか、留助さんとか、幹太さんとか、みんな須美さんのことが好きだし、……あの、すてきなことだと思っていますから」

小萩はやんわりと、みんなの気持ちを伝える。反対どころか、二人の背中を押してもいいと思っている。

須美は手を止めると、器の入っている戸棚を開けた。

「小萩さん知っていた？　奥にあるこの茶碗のこと」

奥をのぞくと、飯茶碗と汁椀、湯飲みと箸が一揃いおかれていた。どれも小ぶりで、女の人が使っていたもののようだ。

「亡くなったお葉さんのものじゃないかと思うのよ。片づけずにずっとここにあるの。こんな風に、今でもお葉さんはこの家の中心にいる。亡くなって十年以上経つけれど、徹次さんの心にはお葉さんがいる。幹太さんもそうだし、旦那さんやおかみさんの心の支えになっている。そのことは、私、肝に銘じていますから」

振り返った須美が強い目をして言った。

須美がまだ来る前は小萩が台所に立っていた。そのころ、戸棚を何度も開けていたけれど、奥にひっそりとおかれている茶碗や汁椀に気づかなかった。目には入っていたのだろうが、だれのものかと考えたこともなかった。

「小萩さんも、よくお葉さんの菓子帖を眺めているでしょう」

「……あれは菓子を考えるときの助けになるからで……」

最後のほうの言葉を飲み込む。

「そんな風にね、今もみなさんの心にお葉さんは生きている。この家の柱にも、天井にも、そのほかのちょっとしたところにお葉さんの思い出がある。だから、みんなお葉さんを身近に感じて、温かい気持ちでいられるのよ。お葉さんて、本当にすばらしい方だったのね」

母親で、娘で、妻で、菓子職人。そのすべてを完璧にこなし、みんなを温かく包み、今も心の支えになっている。それがお葉だ。

「私のことが妙な噂になったら、徹次さんに失礼だし、第一お葉さんに申し訳ないわ」

「いえ、でも、世間の人たちは勝手にあれこれ言っているだけだから……」

須美の黒い瞳がまっすぐ小萩を見ていた。澄んだ眼差しだった。

「それにね、理由はそれだけじゃないの。息子のことよ。私、いつかまた……ずっと先になるかもしれないけれど……胸をはって息子に会いたいの。私はこれからも、ずっとあの子の母親なのよ。妙な噂を立てられている母親なんて嫌でしょう？　息子をがっかりさせたくないの」

きっぱりとした言い方だった。

一つ　年長者の言ふことに背いてはなりませぬ
二つ　年長者には御辞儀をしなければなりませぬ……

ふいに、おりんの言葉が思い出された。

須美はやはり賢い人だ。

幹太にとって、母親はお葉ひとりだ。それは何年経っても変わらない。頭では理解しても、どこか割り切れないでいる。

青年と呼んでいい年ごろの幹太ですらそうなのだ。少年の息子は悲しむだろう。

「母親にとって一番大事なのは子供なの。子供の幸せのためなら、なんでもできるわ」

だけど、もしかしたら、別の幸せもあるかもしれませんよ。

そんな思いが一瞬、小萩の胸を通り過ぎたが、口には出さなかった。

須美があまりにも清々《すがすが》しい、きれいな目をしていたからだ。


その日の帰り道、小萩は伊佐に須美のことを語った。

「私ね、分からなくなってしまったのよ」

「なんだ、この前は、子供の気持ちとしてはって、あれこれ言っていたじゃないか」

「そうなの。だけどね、それじゃあ、須美さんはこれからも、ずっと今のままでいるしかないでしょ。おっかさんはずっとおっかさんでいなくちゃいけないの？　自分の幸せを考えちゃ、いけないの？」

暗い空に鋭く星がまたたいている。

「俺に文句を言うなよ。……分からないけど、あと何年かして、息子さんがもう少し大人になったら、須美さんの気持ちも変わるんじゃないのかな。息子さんもおっかさんの幸せを大事にしてあげられるよ」

「年のうんと離れた……、おとうさんの違う弟ができても？」

「所帯を持つっていうのはそういうことだ。新しい家族を持つんだ。いつまでも、親子がべたべたしていたら、おかしいだろう。須美さんの子供だって大人になれば分かるんだ。そりゃあ、多少、思うところがあってもさ、それはそれとして飲み込むよ。おかあさんが幸せならばいいんだって」

「じゃあ、幹太さんは？」

「幹太さんは、ちゃんと納得しているよ」

伊佐がきっぱりと言う。

「そうよね。失礼しました」

小萩はうなずいた。

「人の心配もいいけど、自分のほうはどうなっているんだよ。小萩庵で頼まれた菓子はまだできていないんだろ。大体のところは決めたのか」

「まだなの。婚礼にちなんでいるから、華やかなものにしたいし。まっすぐで立派なお母さんにふさわしく、ぴしっと角が決まった羊羹みたいなものがいいかなとも思うし」

「葛《くず》なんか、どうだ？　そろそろ、新物の葛粉が届くんだ」

伊佐が振り返って言った。


よく朝、奈良の吉野《よしの》から葛粉の入った大きな荷物が届いた。

「今年は冬が寒かったからな、特別いいらしいぞ」

徹次が顔をほころばせる。荷をほどくと、白く硬い本葛が姿を現した。葛粉は小さなかけらに割られている。表面はなめらかで、にごりのない白だ。徹次が指でなぞると、白い細かな粒子が指についた。

葛の根から手間をかけて取り出す葛粉は菓子の大事な材料だ。そして、とても高価だ。なかでも奈良の吉野葛は質のよいことで知られている。

毎年十一月、山に分け入って葛の根を掘り起こすことから仕事がはじまる。新しいうちにすりつぶして粗葛《あらくず》にし、桶《おけ》に入れて冷たい井戸水を加えて一昼夜おく。葛が底に沈み、茶色の上澄《うわず》みを捨てる。これを繰り返していくうちに、しだいに水が澄んでくる。

これを、吉野の人々は「清める」という。

文字通り、余分なものを取り去り、純粋な葛に仕上げる大切な工程だ。吉野葛の独特の風格は土地の水を使った吉野晒《さら》しでしか引き出せないといわれている。

そうしてできあがった葛粉を五十日から二カ月ほどかけてゆっくりと乾燥させる。葛の根から葛粉は一割ほどしかとれないという。

徹次が茶碗にひと匙《さじ》葛粉を入れて湯を注いでかき混ぜる。白濁したと思ったら、すぐ溶け、銀色のとろりとした液体になった。匙ですくうと光の筋になって落ちた。

「きれいねぇ」

小萩は目を細めた。

「もちろん味もいい。なんともいえない風味がある。蒸し上げると透明になるんだ。濁《にご》りひとつない、湧き水のように透き通っている」

幹太が言った。

背筋をぴんと伸ばし、膝に手を置いて座っているおりんの姿が目に浮かんだ。母親であるするともたたずまいの美しい人に違いない。

「親方、この葛を使わせてもらえませんか。小萩庵のお客様のための菓子をつくりたいんです」

「女手一つで育ててくれた母親に感謝をこめて贈る菓子だな。いいじゃないか。ぴったりだよ」

徹次が答えた。


小萩が医院に行くと、いつもと同じ顔があった。そして、ぺちゃくちゃと噂話をしている。小萩は少し離れた場所に座るが、大きな声でしゃべっているからいやでも話の内容は耳に入ってくる。

「しかし、女の顔ってのは正直だよねぇ。苦労が出ちまう」

「若い頃は頬もふっくらとしてかわいらしかったけど、この前見たら、顔違いしたようにげっそり痩せて頬もこけていたよ。玉の輿だなんて、うらやましがられたのにねぇ」

どこかの家の嫁の話をしているらしい。

「亭主が味方してくれればいいけど、母親の言うなりなんだろ。それじゃあ、嫁の立場がないよ」

「泉屋の大おかみは厳しい人らしいからねぇ」

今までの話は、泉屋のことだったのか。小萩はそっと女たちのほうを見た。

あの日、若おかみは泣いていて、顔はよく見えなかった。しかし、留助が話題にするくらいだから、きれいな人に違いない。見世にやって来た大旦那も若旦那も、嫁と息子が無事だったことをとても喜んでいた。

嫁いびりがあるようにはとても思えなかった。

若おかみは頬がこけたのではなく、ただ、大人の顔になっただけなのではないか。

小萩はそう思い直す。

「あたしなんかさぁ、姑が厳しい人で苦労したんだよ。長屋住まいの貧乏暮らしでさ、身一つでいいって言われたから本気にしたら、後で姑からずいぶん嫌味を言われたよ」

年寄りの女が突然、自分の話をはじめる。

「身一つでお嫁においでか。ずいぶんと気にいられたもんだ」

「ああ、亭主が器量好みでさ」

「まあた、言ってくれるよ」

そばにいる女たちは声をあげて笑った。

「体が丈夫そうだからってのが理由だよ。女中は給金を払わなくちゃならないけど、嫁はいらないからね。昔から『婿は座敷からもらえ、嫁は庭からもらえ』って言うじゃないか。姑は亭主と座敷で差し向かいで飯を食べていたけど、あたしはその間、給仕係。亭主といっしょに飯が食べられるようになったのは、お姑が倒れてからさ」

『婿は座敷からもらえ、嫁は庭からもらえ』というのは、嫁は低い家柄からもらうのがよいという意味だ。

実際には同じ家格の嫁取り、婿入りが普通だ。育った環境が似ているほうが家風に馴染みやすいし、両家のつきあいもうまくいく。商家だったら、それを機に商いが広がるということもあるだろう。

「あたしも同じようなもんだよ」

「うちだってさ。座敷からもらおうが、庭からもらおうが、嫁ってのはいびられるもんだよ」

いっせいに恨みつらみの狼煙《のろし》があがる。しばらく、苦労自慢が続く。

「しかし、なんでだろうねぇ。さんざん、自分が苦労して嫌な目にあっているのに、なぜか、みんな嫁に同じことをするんだねぇ」

近くにいた男が口をはさんだ。

「人聞きの悪いことを言うんじゃないよ。それぞれ家風ってもんがあるんだ。廊下の磨き方、洗濯の仕方。そういうのを教えてやっているんじゃないか。だいたい、今の若いものは物を知らない」

「それから口のきき方も。亭主が甘やかすからよくない」

今度は若い嫁への文句だ。うっかり口をはさんだ男は小さくなっている。

ひとしきり嫁の悪口が続いて、ひとりが言った。

「だけど、嫁を返すってのはやり過ぎだね」

「ああ、例のあそこか。姑がねぇ」

「うん、うん」

どこかの家の話らしい。

「出て行かれちまったってのも、あったね。しかも、二人も」

「七味唐辛子だけに、いびりもひりひりと辛いんだ。懲《こ》りずにまた、嫁を迎えるんだろう」小萩はそっと顔をあげた。それは、赤堀屋の話ではないのだろうか。

どうせまた、あることないことを噂して楽しんでいるのだ。そう思ったが、やはり気になる。近づいて確かめるわけにもいかない。迷っていると名前を呼ばれた。湿布薬を受け取って帰った。

小萩は吉野葛でおりんに頼まれた菓子をつくることにした。葛で紅白のあんを包んだ葛饅頭である。葛饅頭は本来、夏の菓子だ。葛は体の熱をとるといわれる。井戸水で冷やして供すると涼を呼ぶ。

けれど、あえて冬のこの時期、おりんたち母子のためにつくる。厳寒の水で晒された葛が、誇り高く、つつましくも懸命に生きる母子にふさわしい気がした。

最初に葛粉を水で溶く。漉《こ》しながら鍋に入れて砂糖を加え、火にかけて木べらで混ぜる。固まりかけたら鍋からおろして、白濁したなめらかな塊ができるまでさらにかき混ぜる。

これが半返しという方法である。

竹べらにすくい、その上に丸めて梅の形にしたあんをのせた。紙で包んで形を整える。蒸籠で蒸しあげると、透き通った美しい菓子になった。

六個ほどつくって、ひとつを見本の菓子とした。それを持って河岸《かし》近くにある梅本屋をたずねた。

どこからかかつおだしの香りが漂ってきて、道の先に梅本屋の看板が見えた。格子窓《こうしまど》には大せいろ、しっぽく、天ぷらなどの品書きが貼り出してある。なかなかに大きくて立派な見世構えである。

隣の赤堀屋はさらに大きい。古くて、格式の高そうな見世である。

小萩が七味唐辛子と聞いて思い出すのは、縁日の露店だ。おじいさんが小袋を並べて売っている。

七味唐辛子屋というのはそういうものだと思っていたから、赤堀屋の立派さにおそれいった。おりんはこの見世の若おかみになるのか。見世を見上げてため息をついた。一瞬、医院で聞いた噂話が頭をかすめる。

赤堀屋で嫁をとるのは、おりんが最初ではなかったのだ。過去に二人の嫁をもらい、いずれもうまくいかなかった。

相性というものがあるけれど、やはりなにかそれなりの理由があるのではないだろうか。おりんはそのことを知っているのだろうか。

知っているに違いない。隣の見世だ。分かっていて、嫁に行くことを決めたのか。

小萩は赤堀屋をもう一度眺めた。

立派な店構えだ。指南所の娘にしたら、大出世だ。しかし、きっと苦労が待っている。

そのとき、梅本屋ののれんを分けてお客が入って行った。

「いらっしゃいませ。空《あ》いているお席にどうぞ」

おりんの元気のいい声が聞こえた。

見世の裏手に回って、おりんを呼んでもらった。少し待つと、おりんが出て来た。お仕着せの藍の着物は何度も水をくぐって色が褪《あ》せている。黒の前垂れと赤いたすきをしていた。それが働き者のおりんによく似あった。化粧をしない、うぶ毛が光るようなおりんをとても、きれいに見せていた。

「お忙しいところ、お呼びたてして申し訳ありません。見本のお菓子をお持ちしました。よろしければ、明日にでもお母様のところにお届けしようかと思います」

包みを開いて中の菓子を見せた。おりんの顔が輝いた。

「まあ、きれい。氷のような菓子ね。でも、氷のように冷たくはないわ。暖かい、やさしい感じがします」

「葛は夏のお菓子に使われることが多いのですが、この透き通った感じがお客様やお母様のまっすぐな気持ちにふさわしいと思い、つくらせていただきました。中は紅白の梅で、金箔《きんぱく》をかざります。葛にこだわったのは、葛粉は冬の寒い季節につくるからです。冷たい水で何度もさらして、灰汁《あく》を抜くんです。たくさんの試練を越えてきたお二人にふさわしいと考えました」

小萩の説明を聞きながら、おりんは何度もうなずいた。

「ありがとうございます。葛のいわれを聞いて、ますます母にふさわしい菓子だと思いました。小萩庵さんにお願いしてよかったです。どうぞ、すすめてください。よろしくお願いします」

そのとき、見世のほうで、おりんを呼ぶ声がした。

「おりん、おりん。忙しいときに、どこに行っちまったんだよ」

「すみません。今、戻ります」

「なんだ、そっちにいたのか。嫁入りが決まったと思ったら、すっかり怠《なま》け癖《ぐせ》がついちまったね」

「もう、この見世には用がないって思っているんだよ。玉の輿なんて言われて浮かれているけどさ、待っているのは病人の世話だよ。女中と同じだよ」

聞えよがしの声が聞こえた。

おりんの眉根が寄った。きっと結んだ唇が震えている。

「すみません。お耳苦しいことをお聞かせいたしました」

「いいえ、私のほうは……。やっかまれているんですね」

「それはもう……。でも、いいんです。言いたい人には言わせておけば。私だって知っているんです。赤堀屋さんの大おかみは何年も寝たきりで、体が動かないからとても気難しくなっているんです。でも、おかみは積年《せきねん》の恨みがあるから、いっさい手を貸しません。食事はもちろん、お下の世話も、なにからなにまで嫁の仕事になります。朝は一番に起きて、夜は大おかみの傍《かたわ》らで休みます。だから、こんな立派なお見世なのになかなかお嫁さんが決まらなくて……。やっと迎えたお嫁さんも、こんなはずじゃなかったと実家に戻ってしまったんです。……だから、とにかく辛抱《しんぼう》強くて働き者の嫁を探していたんです」

それでおりんに白羽の矢がたったのか。

「それが分かっていて、どうして」

「母のためです。私は早く嫁に行って、母を安心させたいんです」

おりんはきっぱりと言い切った。

「でも、一通りの苦労じゃないかもしれませんよ」

「覚悟はしています。人は一生苦労なんです。男も女も、長屋暮らしでも、御殿奉公でも、それは同じなんです。だから、赤堀屋さんのような立派なお見世からお話をいただいたことがありがたいです。私が赤堀屋さんに嫁ぐと文に書いたら、おっかさんはとても喜んでくれました。よかった、よかったって。そして一生懸命、励むように書いてきました」

　一つ　年長者の言ふことに背いてはなりませぬ
　二つ　年長者には御辞儀をしなければなりませぬ
会津の約束を教えてくれたときと同じ顔でおりんは言った。

「おりん、おりん。なにをしているんだよ」

また、声がした。

「すみません、今、戻ります」

おりんは答える。

「長居してすみません。このお菓子は見本ですから、どうぞ、お味見をしてください」

「いいんですか？」

おりんの顔がぱっと輝いた。手に取ると、すばやく口に押し込んだ。

「おいしーい」

三日月の目になった。

「お行儀悪いわよね。でも、姉さんたちに見せたら食べられてしまうから、今、食べておかないと。では、よろしくお願いします」

くるりと背を向けると、見世にかけて行った。

「すみません。ちょっと知り合いの人が来ていて。もう、話は終わりましたから」

明るい声で告げた。


夕方、小萩は菓子を届けに景庵に行った。

お景は紅柿色《べにかきいろ》の無地の結城紬《ゆうきつむぎ》に豪華な綴《つづ》れの帯をしめていた。白地に金で蔦《つた》なりの瓢簞《ひょうたん》が浮かび、吉や祥の文字を抱いている。なんともめでたい模様である。思い切った華やかな色合わせのお景も美しいが、こんな風に一見地味な、けれど、とびきり贅沢な装いもお景によく似あう。

「お景さん、この帯、なんだかとってもお高いものじゃないんですか」

「そうよぉ。分かる？　名物裂《めいぶつぎれ》の写しなの。ちょっといろいろあってね、手に入ったのよ。売り物のはずだったけど、私が買い取ってしまった」

名物裂とは時代裂とも呼ばれ、高価な茶の湯道具の茶入や茶碗をいれる袋や袱紗《ふくさ》などに使われる布のことだ。中国などから伝わったものも多い。

「お初におろしてみました。小萩さんも今日はなんだか、うれしそうよ。いいことがあったの？」

「小萩庵に来たお客さんなんですけれどね、その方とお話をしていると背筋がのびるような気がするんです」

小萩はおりんの話をした。働きぶりが認められて大きなお見世の嫁入りが決まった人がいると伝えた。

「その方は、小さなころからお母様に教えられて、会津の約束というのを守ってきたんです」

「会津の約束って、あの、年上の言うことには従いなさいみたいな、あれ？」

「お景さんもご存じでしたか？　そうです。七つの約束です」

「まぁ、その方が礎《いしずえ》になさっているのなら文句は言わないけれど……。ああいうのって、子供さんならいいけど、大人の人はねぇ。注意しないと上の人に都合よく使われてしまうのよ」

「そうですか？」

思いがけない言葉に小萩は思わず聞き返した。

「たしか、最初は年長者の言うことに背いてはなりませぬでしょ。逆らっちゃいけないの。疑問を持ってもいけないの。とにかく言われたとおりにしなさいって、ずいぶんと年寄りに都合のいい話じゃない。会津のほうはともかく、江戸では考え直した方がいいわ。とくに女は」

当然という顔をして、お景は茶を飲む。

「どうしてですか？」

「あのね、江戸は、よそとは違うの。特別な場所なのよ。新しい人がたくさんやって来る。仕事もたくさんある。女の人が働く場所があるのよ。だから、一人でも生きていけるわ。畑仕事をするしかない在とは違うの。それに、江戸は男がたくさん余っているから、離縁したってすぐ次の人が見つかる」

「いや、そうでもないと思いますけど……」

離縁状を出せるのは亭主だけだし、女の仕事は限られている。手に職があればともかく、貧乏暮らしをしている女たちは多い。

「もちろん、そのためには本人も頑張らなくちゃだめよ。頭を使ってね」

小萩はお景が自分の道を開いてきた人だ、ということを思い出した。

「あたしは着物が好きなの。だから、川上屋に嫁に来てうれしかったわ。呉服を売ってみたかったの。でも、見世に出たいって言ったら、お前に何がわかるかって夫に笑われたわ。お舅《とう》さんには、商いはままごとではないって叱られた。お姑《かあ》さんには後継ぎを産むのが先だって。藤太郎《ふじたろう》が生まれて母親になったけど、あたしはやっぱり、商いがしてみたかった。それで、見世の奥のほうでみんながどんな風に商いをしているかずっと見てたの。あたしだったら、こっちを勧めるなとか、こんな風に言うけどなって思いながら。今から考えると、その時に客商売の大事なところを勉強したのね」

ついに舅から許しが出た。ただし太物《ふともの》の見世である。

太物というのは、絹織物に対して木綿《もめん》や麻の織物を指す。茶や藍が中心で色も地味だし、柄も縞《しま》や格子が多い。友禅のような華やかさはない。どうせ、若おかみの気まぐれで、すぐ飽きるだろうと周りはたかをくくっていたのだ。

「とにかくできることから、始めなくちゃね。棚の奥に古い反物がたくさん積まれていたから、それを自分で仕立てて通りを歩いた。最初はみっともないと叱られたり、呆れられたりしたけど、そのうちにね、あたしとまったく同じように装いたいって人が出てきて反物が次々売れたの。そうなるとね、まわりの見る目も変わるのよ」

そのころのお景のことを小萩は知っている。

日本橋に来たばかりの時だ。とびっきりおしゃれな人がいると、隣の味噌問屋のお絹《きぬ》に誘われて見に行った。

人でにぎわう日本橋の通りを、お景は背筋をしゃきっと伸ばし、まっすぐ前を見て歩いていた。振り返ってじろじろ眺める人がいても、お景は気にもかけない風だった。

その日のお景は黒っぽい木綿の着物で襟元と袖口に真っ白な舶来《はくらい》のレエスをあしらい、深紅《しんく》の帯をしめていた。歩くたびに見える八掛《はっかけ》は夏の海のように明るい青だった。

肌寒い冬の日だったか、そこだけ暖かな日が射しているように見えた。小萩はあの日、江戸で生きていくという意味を知った気がした。

「そうでした。お景さんはご自分の才覚でこの景庵まで持つようになったんですよね」

「すぐじゃないわ。それからも大変なことは何度もあったのよ。お姑さんとぶつかったこともあったし、番頭さんに嫌味を言われたこともあった。お嫁さんっていうのは、よそから来た人でしょ。もう、できあがった場所に、ひとりでぽんと入っていくの。自分の場所をつくるためには、ひとつひとつ足場をつくって前に進まないとね」

小萩はしげしげとお景の顔をながめた。

裕福な家の娘がそのまま大人になったような天真爛漫《てんしんらんまん》、無邪気な表情は、お景の一面だ。その一方で粘り強く、あきらめない戦略家でもある。

「まぁ、私は清太郎《せいたろう》さんがやさしくて、いい人で、あたしのわがままを受け止めてくれたからだけど。お舅さんやお姑さんがいろいろ言っても、守ってくれたのね。ほんと、感謝しているわ」

「ご馳走さまです」

小萩はおどけて答えた。

「そうよ。お嫁さんが幸せになれるかどうかは、旦那さんがどういう人かにも、かかっているわね。小萩さんもそう思うでしょ」

「はい」

強くうなずく。

「その娘さんに会ったら、こう伝えてね。会津の教えもいいけど、江戸を生き抜く知恵も身につけなさいって」

お景はいつものすまし顔に戻っていた。

三

徹次の足はだいぶ良くなったらしい。

「須美さんも、小萩も迷惑をかけたな。今日は、自分で医院に行って来る。医者がいいって言ったら、もう、湿布もやめる」

昼近く、手の空いた時刻に徹次が言い出した。

「あら、もう、いいんですか？」

須美がたずねる。

「薬なら私が取りに行きますから」

小萩も言う。

「大丈夫だ。あとは、どんどん歩いたほうがいい。そういうもんだ」

徹次は勝手に診断をくだす。

小萩と須美は顔を見合わせた。医者よりも廊下にいる「常連さん」たちの噂話のほうが心配だ。

半時ほどして戻って来た徹次は言った。ひどく怒っている。

「なんだ、あそこにたむろしている婆《ばあ》さんたちは。俺の顔をちらちら見ながら、こそこそなにかしゃべっている。話があるんなら俺に直接伝えてくれと言ったら首をすくめて黙っちまう。まるで亀だ」

察した留助はあさってのほうを向いて、にやにや笑っている。

「じゃあ、親方は、もう、お医者様には行かないんですよね。よかったですよ」

小萩が言った。

「ああ、行かない。行くもんか。帰りがけに婆さんたちに言ってやった。他人の家の心配をする前に、自分の頭の蠅《はえ》を追えって」

なんだ、噂はちゃんと耳にはいったのか。そして、徹次は負けずに一矢《いっし》報いて帰ってきている。

小萩と須美は目を見かわす。

「まったく礼儀を知らない。失敬《しっけい》な話だ。小萩も須美さんも、ああいう年寄りにだけはなるなよ」

少し足をひきずりながらかまどに向かった。

小萩はおりんの母親のための菓子を仕上げて、手習い指南所に向かった。

人形町に入り、入り組んだ道を進む。神社の手前と聞いたが、分からなくなった。

「すみません。ちょっと道をお聞きしますが。このあたりに手習い指南所はありませんか」

通りかかった女にたずねた。

「手習い指南所なら一つ手前の道を入って右だね。通り過ぎてしまったよ」

そう言って、小萩の顔をふと見て言った。

「お子さんを通わせるのかい？　あそこは評判がいいよ。うちの孫もあそこの女先生に教わって行儀がよくなった。男先生は物知りだしね」

「男先生もいらっしゃるんですか」

「いるよ。あそこは男先生と女先生の二人でやっているのさ。男先生のほうがいくつか若いみたいだけど、ご夫婦だよ」

「ご夫婦なんですか」

小萩は聞き返した。おりんから、そんな話は聞いていない。女手一つで育ててくれたと言っていたから、てっきり独り者だと思っていたのに。

「ずっといっしょに手習い指南所をやってきたけどね、今度娘さんのご縁がついたんだってさ。それで、ちょうどいいからって。まぁ、年も年だからお披露目《ひろめ》とかそういうのはしないらしいけど」

「そうなんですね」

来た道を戻って細道に入ると、道の先に鳥居が見え、その手前の奥まったところに一軒家がある。手習い指南所の看板が出ていた。

まだ新しい家である。壁には春風、花、正月吉日など子供たちの習字が貼りだしてある。

午後のことで子供たちは帰ってしまっているので、中は静かだ。

「ごめんください。二十一屋という菓子屋からまいりました。おりん様からのお届け物です」

人の気配がして戸が開いて、黒っぽい着物の中年の女が姿を見せた。襟元を詰めた着付けで、背筋が伸びている。丸髷《まるまげ》のびんのあたりに白いものがあり、目に力がある。おりんの母親のするゑに違いない。

「まぁ、おりんから。お菓子を」

目が三日月になった。笑うとおりんによく似ていた。

「どうぞ、お入りください」

指南所の中に案内された。

戸を開けると、中は畳敷きの部屋で襖をあけ放って二間続きの教場となっている。部屋の隅には子供たちが文字をさらったりするときに使う天神机《てんじんづくえ》や文箱《ふばこ》が積み重ねてあった。

座布団を勧められて座る。

「日本橋の菓子屋、二十一屋からまいりました小萩と申します。二十一屋ではお客様のお話をうかがってお菓子を考案しております。おりん様からお母様への感謝を伝える菓子をつくってほしいとご依頼を受けておつくりいたしました。今まで育ててくれたことへのお礼、これからもお母様にご自分らしい生き方をしてほしいという願いをこめて、紅白の葛饅頭をご用意いたしました」

小萩は葛の説明も加えながら、桐箱を差し出した。鶴を描いた掛け紙に紅白の水引《みずひき》が映えている。

すゑは細い指先で蓋を開けた。中には紅白の六つの葛饅頭が並んでいる。

「まぁ、かわいらしい。おりんがこれを？　娘にものをもらうって、うれしいものですねえ。あの子がねぇ、こんなものを」

そっと目元をぬぐった。

「お客さんですか」

声がして総髪《そうはつ》の男が姿を現した。やせ型で鼻筋が通って額が秀《ひい》でている。年はすゑよりも少し、いや、かなり若い。この人がご亭主か。

「ああ、幸四郎《こうしろう》さん。ちょうどいいところに。おりんが菓子を届けてくれたんですよ。きれいな菓子ですよ」

「こちらがそうですか。きれいだ。いよいよ祝言ですねぇ。おりんさんは神田にいるんでしょう。人形町からはすぐですよ。一日くらい休みをもらって、二人でゆっくり話をしたらどうなんです？」

「私もそう思ったんですけれど。おりんが働いているのはそば屋さんだから大晦日《おおみそか》は大忙し。年明けも、なにかと用事があるとかで来られないと文が来ました」

「そうですか。立派な家に嫁ぐのだから、いろいろ気遣いもあるのでしょうね。でも、あなたはどうなんです？　淋しくはないですか？　嫁いでしまったら、ますます会いにくくなるかもしれませんよ」

二人は穏《おだ》やかな調子で語り合う。

お互いを思いやっている温かいものが感じられた。

「いい折だから、おりんが来たら、私たちのことも話そうと思っているのですけれど……。やはり文ではなくて、会って顔を見て話をしたいから」

「そうですね。私もおりんさんにご挨拶をしてお許しを得なくてはいけない」

「お許しだなんて」

「いやいや、おりんさんはあなたのたった一人の肉親だ。思い合い、助け合って暮らしてきた。そのたいせつな人といっしょになるのですから当たり前のことですよ」

そのとき、戸の向こうでガタンと音がした。

「だれ？　おりんが来ているの？」

するゑが立ち上がって戸を開ける。

おりんが真っ青な顔をして立っていた。口を開いてなにか言おうとしているが、言葉にならないようだ。そのまま身を翻《ひるがえ》すと駆けていった。

「ああ、どうしましょう」

するゑは立ちすくんだ。

「困ったな」

幸四郎がつぶやく。

「私が追いかけます」

小萩はすばやく立ち上がると、おりんの後を追った。神社の石段を駆けあがって行く後ろ姿が見えたので、小萩も後を追う。

鳥居をくぐり、狛犬《こまいぬ》の脇を抜け、大きな楠《くすのき》の御神木《ごしんぼく》のかげにおりんがいた。

「おりんさんは、ご存じなかったんですね」

おりんは小さくうなずいた。

「今日、見世の姉さんたちが私の顔を見て笑っていたの。あんた、自分のおっかさんがなにをしているのか知っているのかって。若い男を指南所に引っ張り込んでいるって。それから、もっとひどいことも……。あたしは、そんなはずはない。おっかさんは身ぎれいな人だって言ったら、だったら確かめてみればいいって」

「それで、ここまで来たんですね」

「戸を開けようとしたら、おっかさんと幸四郎さんの話が聞こえて……」

「幸四郎さんはおとっつあんに習っていたんです。とても熱心で、学問もよくできたから、代わりに教えることもあった。みんなからも慕われていたし、私もお兄さんのように思っていた……。そのうちに子供たちが増えて、おっかさんの手が回らなくなって、時々、来てもらうようになったんです。幸四郎さんも子供を教えるのが好きだって言っていたし。……いい人が来てくれた、子供さんも前よりもたくさん来るようになったって、そんな風におっかさんは喜んでいたのに……。だから、あたしは、あの人はただ、指南所を手伝ってくれている人だと思っていました。まさか、おっかさんと夫婦のような仲になるなんて……。年だっておっかさんの方がずっと上なんですよ」

おりんの肩が揺れている。小萩はおりんの背中をなでた。

「お母様は大事なことだから、おりんさんに直接会ってお話ししたいって言ってましたよ。幸四郎さんとおっしゃるあの方も、おりんさんに許しを得たいって。すてきないい方たちですよね」

おりんは涙でぐしゃぐしゃになった顔をあげて、小萩に訴えた。

「そんなことは分かっています。幸四郎さんは立派な人です。やさしくてまじめで学問もよくできます。おっかさんが頼りに思う気持ちも分からないこともないです」

「だったら、どうして……」

「それとこれとは別なんですよ。だって、それじゃあ、……それじゃあ、おとっつあんはどうなるの？　おとっつあんがかわいそうじゃないの」

「だって、お前、おとっつあんが死んでもう七年になるんだよ」

背後で声がした。振り返ると、するがいた。

「もう、じゃない。まだ、です。まだ七年しか経っていない」

おりんが強い目をして言い返す。するはやさしい声で言った。

「そうだねぇ。私が悪かった。おとっつあんが死んでまだ七年だ。長いようであっという間だったねぇ。なにしろ、暮らしをたてるので精いっぱいだったから。あんたにも苦労をかけたね。……そうだねぇ、あんたのおとっつあんはやさしくて、物知りで立派な人だった。私たちがこうして元気で幸せに暮らしていけるのは、おとっつあんのおかげだ。私にとっても、おとっつあんは大切な人で、ずっと心の中に生きている。一日だって忘れたことなんかないよ」

するゑはおりんの顔をのぞきこんだ。

「あんただって同じだろ」

おりんがうなずく。

「だけど、時は流れていく。人は前に進んでいく。あんたの嫁入りが決まって、母親としての私の仕事は一段落だ。新しい道を歩くことにしたんだよ。おとっつあんも許してくれるんじゃないのかな。幸四郎さんの人柄を認めていたからね。それに、これからはもう少し自分の幸せを考えてほしいって言ったのは、おりん、あんただよ。忘れたのかい？」

おりんは涙にぬれた目をあげた。

「そうは言ったけどさ、それは、そういう意味じゃないんだよ」

「じゃあ、どういう意味だよ。あんたは、まだ、私の子供でいたいのかい？」

するゑは笑う。

「そうだよ。あたしはまだ、おっかさんの子供でいたい。おっかさんがご亭主を持ったら、あたしは帰る家がなくなっちまうじゃないか。あたしは、ひとりぼっちだよ」

するゑはおりんをしっかりと抱きしめ、あやすように体を揺すりながら言った。おりんは小さな子供がいやいやをするように、するゑの胸に顔をうずめた。

「ばかだねぇ。ご亭主がいるじゃないか。毎日、そばを食べに来てくれたんだろ。なすの漬物を気に入ってくれたんだろ。大丈夫だよ。ご亭主はあんたの味方になってくれるよ。あんたも、一生懸命尽くすんだよ。そうすれば、なんにも心配することはない。あんたは、あたしの娘なんだから。これまでだって、困ったことがたくさんあったじゃないか。赤堀屋さんでだって立派にやっていける。そしていつか、赤堀屋さんがあんたの家になる」

おりんは泣きながら訴えた。

「おかあちゃんは、あの家のことを知らないから、そんなことを言うんだよ。今までの嫁さんもいびり出されちまったんだ。あたしは体が丈夫で、よく働くからって選ばれたんだ。ほんとうだよ。大おかみは寝たきりで、いつも機嫌が悪い。お姑さんは顔も見に行かない。舅さんだっていつも不機嫌そうだし」

「そんなことを言うもんじゃないよ。あんたが誠心誠意努めたら、相手も変わるよ。相手は鏡《かがみ》なんだから。そう、教えたじゃないか。あんたは指南所に来るどの子供よりも行儀がよかった。字が上手で、物覚えもよかった。大丈夫だよ。安心おし」

おりんは涙でぐしゃぐしゃになった顔をあげた。

「それは、おっかさんがいたからだよ。あたしは、おっかさんにほめられたくて、一生懸命だったんだ」

「知っているよ。あんたは頑張った。私の自慢の娘だ。太鼓判を押す。……だけど、もしね、もしもね、どうしても嫌だったら戻っておいで。遠慮なく、大威張《おおいば》りで戻って来ていいんだよ。あんたの家なんだ。私は、あんたのおっかさんだ。そしたら、三人で指南所をいっしょにやろう。幸四郎さんもいいって言ってくれるよ。ああ、それも楽しいね」

おりんはやっと安心したように笑みを浮かべた。

小萩は指南所の壁にあった張り紙を思い出していた。

約束

一つ　年長者の言ふことに背いてはなりませぬ
二つ　年長者には御辞儀をしなければなりませぬ
三つ　虚言をいふ事はなりませぬ
四つ　卑怯な振舞をしてはなりませぬ
五つ　弱い者をいぢめてはなりませぬ
六つ　戸外で物を食べてはなりませぬ
七つ　戸外で婦人と言葉を交えてはなりませぬ

ならぬことはならぬものです。

会津の約束はおりんの礎《いしずえ》だ。おりんは心に誓い、一生懸命に生きてきた。会津の約束はおりんを守り、おりんをどこに出しても恥ずかしくない、まっとうな大人に育てた。

おりんはきっとやり抜くだろう。大姑、舅、姑に仕え、ご亭主を大事にして、子供を育てる。それは、たやすいことではないかもしれない。けれど、おりんならできるにちがいない。

きっと、そうだ。

「さあ、せっかく、お菓子が届いたんだ。おいしいうちに、いただこうじゃないか。ねぇ、二十一屋さん、葛っていうのはつくってすぐがおいしいんだろ」

するゑが明るい声でたずねた。

「そうなんです。今が一番おいしいときです」

小萩が答え、おりんが小さくうなずく。二人は手習い指南所に戻って行った。

翌日の夕方、するゑがひとりで見世にやって来た。

「昨日はお恥ずかしいところをお見せしました」

するゑは言った。

「いいえ。おりんさんも、思いのたけを打ち明けることができて、少しはお気持ちが楽になったのではないですか」

「そうだと思います。私はあの子に少し厳しくしすぎたんですよ。ほかの子供たちの範になって欲しかったから。幸四郎さんのことも、早く伝えればよかったんですけれどね。やっぱり、少し気恥ずかしくて。でも、あれから三人でゆっくり話し合って、おりんも分かってくれましたから」

頬を染めた。

「よかったですね。おめでとうございます」

「ところで、こちらでは、菓子をつくっていただけるそうですね」

「はい。ご希望をうかがいまして調製いたします。どんなものをご希望ですか」

「内祝いの菓子を。この年ですから祝言だ、お披露目だのはしないのですが、みなさまにお報《しら》せだけはしておきたいと思いましてね。私たちにふさわしい、食べた人の心が温まるような菓子をお願いできますでしょうか」

「はい。もちろんです。ありがとうございます。お時間がございましたら、奥の部屋でお話をうかがえますか?」

小萩は案内をした。

その少し後、泉屋の若おかみと息子が来た。

「その節はありがとうございました。もっと、早くおうかがいをしたかったのですが、あれから私もこの子も外に出るのが怖くなって。やっと、今日、久しぶりに外に出ることができました」

若おかみはふっくらとした頬のやさしい顔立ちの人だった。どこに苦労が出ているのか。げっそりやつれているのか。医院の女たちの噂など、あてにならないものだと小萩は思った。

徹次としばらく話をし、生菓子に目を輝かせ、饅頭や最中をたくさん買って帰った。

須美がそっとたずねた。

「台所の戸棚の器のことなんだけど、見当たらないのよ。もしかして、小萩さんが片づけた？」

お葉の茶碗や汁椀のことだ。

「いいえ。私は触ってない」

「そう。じゃあ、だれかしら」

二人でこそこそしゃべっていると、幹太がやって来た。

「戸棚にあったお袋の茶碗なら、俺がばあちゃんちに持って行ったよ」

「そうなの？」

須美と小萩は同時に声をあげた。

「別に意味なんかないんだよ。ばあちゃんが忘れてただけだ。うちの連中はさ、おやじも俺も、そんなあれこれ気が回る方じゃないから」

照れ臭そうに笑って出て行った。

「よかった」

須美は小さく笑った。年相応に目元にしわができた。そういえば、来たばかりのころの須美はどこかいつも肩ひじを張っているように見えた。けれど、この頃の須美は丸くなった。よく笑うようになった。


鎌倉の松兵衛から便りが届いた。

力強い、太い字で書いてあった。

『鎌倉の海も空も明るい。江戸のことは牡丹堂に任せる』

「お墨付きをもらったか」

徹次がうなずく。

「はい。なんと言われるか、少し心配だったので安心しました」

伊佐が笑みを浮かべる。

「よし、これからこの干菓子を見世で売ったらどうだ。気づく人は気づくだろう。それも面白いじゃないか。松兵衛さんも喜ぶ」

「そうですね」

伊佐は以前の伊勢松坂の紅色に染めた干菓子をつくり、見世に並べた。端のほうにおいていたけれど、少しずつ気づく人が増えた。

「きれいな色だねぇ」

目を細める。

「どこかで見たような気がするなぁ」

そんなことを言う人もいる。

「お干菓子ですから日持ちしますよ。手みやげにいかがですか」

小萩はそう言って勧める。

どこからか梅の香りが漂ってきた。

光文社文庫

文庫書下ろし

ふるさとの海《うみ》　日本橋《にほんばし》牡丹堂《ぼたんどう》 菓子《かし》ばなし(十一)

著　者　中《なか》　島《しま》　久《ひさ》　枝《え》

2023年4月20日　初版1刷発行

発行者　三　宅　貴　久
印　刷　ＫＰＳプロダクツ
製　本　ナショナル製本

発行所　株式会社　光　文　社

〒112-8011　東京都文京区音羽1-16-6
電話（03）5395-8149　編　集　部
8116　書籍販売部
8125　業　務　部

落丁本・乱丁本は業務部にご連絡くだされば、お取替えいたします。
ISBN978-4-334-79522-1　Printed in Japan

組版　萩原印刷

光文社時代小説文庫　好評既刊

偽の仇討　早見 俊
踊る小判　早見 俊
お蔭騒動　早見 俊
鵺退治の宴　早見 俊
老中成敗　早見 俊
夕まぐれ江戸小景　平岩弓枝監修
口入屋賢之丞、江戸を奔る　平谷美樹
正雪の埋蔵金　藤井邦夫
出入物吟味人　藤井邦夫
阿修羅の微笑　藤井邦夫
将軍家の血筋　藤井邦夫
陽炎の符牒　藤井邦夫
忍び狂乱　藤井邦夫
赤い珊瑚玉　藤井邦夫
神隠しの少女　藤井邦夫
冥府からの刺客　藤井邦夫
無惨なり　藤井邦夫

白浪五人女　藤井邦夫
無駄死に　藤井邦夫
影忍び　藤井邦夫
影武者　藤井邦夫
決闘・柳森稲荷　藤井邦夫
白い霧　藤原緋沙子
桜雨　藤原緋沙子
密命　藤原緋沙子
すみだ川　藤原緋沙子
つばめ飛ぶ　藤原緋沙子
雁の宿　藤原緋沙子
花の闇　藤原緋沙子
螢籠　藤原緋沙子
宵しぐれ　藤原緋沙子
おぼろ舟　藤原緋沙子
冬桜　藤原緋沙子
春雷　藤原緋沙子

光文社文庫最新刊

三毛猫ホームズの懸賞金	赤川次郎
恋愛未満	篠田節子
Dm　しおさい楽器店ストーリー	喜多嶋　隆
凡人田中圭史の大災難	江上　剛
Jミステリー2023　SPRING	光文社文庫編集部・編
しんきらり	やまだ　紫
流鶯《りゅうおう》　決定版　吉原裏同心(25)	佐伯泰英